Am Roten Faden von Moskau nach Bonn

Meiner Mutter Galina gewidmet

INGA TSCHERKESOWA

Am Roten Faden von Moskau nach Bonn

Bibliografische Information der Deutschen Nationalbibliothek:
Die Deutsche Nationalbibliothek verzeichnet diese Publikation
in der Deutschen Nationalbibliografie; detaillierte bibliografische
Daten sind im Internet über http://dnb.dnb.de abrufbar.

© 2017 Inga Tscherkesowa
Satz, Umschlaggestaltung, Herstellung und Verlag:
BoD – Books on Demand

ISBN: 978-3-7412-3181-0

Inhalt

WG	7

In Moskau

Unbeflecktes Zeugnis	23
Ziegen in Moskau	30
Lisa aus Pjatigorsk	35
Was für ein Glück!	38
Hirschjagd	41
Verspätung	50
Unter amerikanischer Flagge	59
Barbarossa	69
Schablone	78
Das erste Gespräch	85

In Bonn

Der Niagara Fall	95
Der Höhepunkt	98
Hochzeit auf Deutsch	102
Der Trick mit dem Sheriff	107
Entscheidung	113
Das Geheimnis von Maman Sina	118
Möbelmesse in Deutz	122
Alles ist in Ordnung?	132
Verflixte Brötchen	139
Die Kunst des Schweigens	140
Erleichterung	141
Seegurke auf Französisch	144
In Paris	147

WG

... ein Wille und Wunsch erwacht, fortzugehen, irgendwohin, um jeden Preis, eine heftige gefährliche Neugierde nach einer unentdeckten Welt flammt und flackert in all ihren Sinnen. Friedrich Nietzsche

August 1990. Der Zug nähert sich unserem Reiseziel – der Bundeshauptstadt Bonn. Seit einer Stunde sprechen Witali und ich nicht mehr miteinander. Wir halten uns fest an den Händen und sind sehr aufgeregt. Die Bundeshauptstadt mit ihren Botschaften und Konsulaten soll für uns ein Sprungbrett in ein neues Leben werden. Ab dem Bonner Hauptbahnhof beginnt unsere Zukunft.

Witali ist mein Freund.

Und er ist mein Chef.

»Noch Chef«, sage ich lachend zu ihm. »In Deutschland wollen wir nur Partner und gleichberechtigt sein!«

Damit ist er nicht einverstanden. Diese Reise ohne Rückfahrkarten hatte er unseren Arbeitskollegen und auch seiner Frau als Dienstreise verkauft und mich als seine Begleitperson und Dolmetscherin mitgenommen, da er kein Deutsch spricht. Er will weiterhin Chef bleiben, für alle Eventualitäten selbst die Verantwortung übernehmen und die Entscheidungen treffen.

»So wäre es einfacher und es gäbe weniger Diskussionen«, meint er.

Vor rund einem Jahr hatte ich mich bei ihm als Sportlehrerin in seiner Theaterschule beworben. Als Vizerektor stellte er das Personal ein. Nach einem zweiminütigen Vorstellungsgespräch und ohne meine Unterlagen näher durchzulesen, hatte er meine Bewerbung für eine halbe Stelle bewilligt. Später erzählte mir Witali – damals für mich noch Witali Nikolajewitsch Buderov –, dass er Angst hatte, ich könne es mir noch anders überlegen und die Bewerbung zurückziehen.

Bis zu jenem Tag hatte es an der Theaterschule keinen Sportunterricht gegeben. Nun aber hatte die Direktion entschieden, dass die Studenten mindestens einmal pro Woche Sport zur Haltungs- und Gesundheitsförderung treiben sollten. Man überließ mir die Leitung dieses Projekts in Absprache mit Witali Nikolajewitsch. Als damals Dreiundzwanzigjährige fühlte ich mich sehr geschmeichelt, mit dieser wichtigen Aufgabe betraut worden zu sein. Einige aus der Schulleitung waren skeptisch, ob ich den Anforderungen gewachsen wäre, da ich noch wenig Berufserfahrung hatte. Als Probezeit wurden drei Monate festgelegt. Ich legte mich ins Zeug. Alle Studenten sollten jetzt regelmäßig schwimmen, die Basiselemente in Turnen und Akrobatik lernen und leichtes Fitness- sowie Krafttraining absolvieren. Im Frühling würde draußen Tennis und Volleyball gespielt werden, in den Schulferien ein Sportcamp mit Schwerpunkt Reiten in einem der Moskauer Dörfer stattfinden.

In Sachen Sport scheute Witali Nikolajewitsch keine Ausgaben: So konnten wir sogar stundenweise das Olympische Schwimmbecken neben dem Metro Prospekt Mira und die Olympische Turnhalle mieten. Auf meine Anregung hin durften auch Dozenten und Administration der Theaterschule in ihrer Arbeitszeit an der Gesundheitsförderung teilnehmen. Einmal pro Woche reservierte ich zusätzlich die Sauna. Das war die Krönung. Die Studenten waren hellauf begeistert, die Dozenten und Verwaltungsmitarbeiter sprachen von einer »Sportrevolution«. Meine halbe Stelle wurde am Ende der Probezeit prompt zu einer unbefristeten ganzen.

Im November war ich bei Witali Nikolajewitsch, um die Planung für das bevorstehende Wintercamp in Balabanovo abzusprechen. Wieder wurden alle meine Wünsche mit Ja abgesegnet. Als wir fertig waren und er auch die letzte Rechnung ohne hinzuschauen unterschrieben hatte, legte er seine Hand auf meine und bat mich um ein Gespräch, am besten sofort. Wir könnten doch gleich zusammen zu Mittag essen. Etwas überrascht willigte ich ein. Ich nahm an, dass wir eine Etage tiefer in die Schulkantine gehen würden, wo Personal und Studenten zusammen aßen. Er jedoch forderte telefonisch seinen Dienstwagen, einen schwarzen Volga, mit Fahrer an. Kurz darauf fuhren wir zum Restaurant *Slavjanskij Bazar.*

»Es gibt etwas Wichtiges zu besprechen«, erklärte er mir, »aber ich möchte vermeiden, dass uns meine Studenten oder das Personal der Schule sehen.« Wir setzten uns in die hinterste Ecke des Lokals.

»Seit dem ersten Zusammentreffen bin ich in dich verliebt«, eröffnete mir Witali Nikolajewitsch. Ich schaute verdutzt auf seinen breiten Ehering aus Gold.

Er bemerkte es und erzählte: »Gerade vor sechs Monaten habe ich zum dritten Mal geheiratet, und das, obwohl ich in Larissa nicht verliebt war und bin. Das war ein Fehler. Aus Gutmütigkeit, weil Larissa mein Leben schon seit dem ersten Semester unseres gemeinsamen Journalistikstudiums liebevoll begleitet hat. Sie war auch nach dem Scheitern meiner ersten beiden Ehen für mich da, noch immer in mich verliebt. Diese Ausdauer – immerhin dreizehn Jahre unerwiderte Liebe – hat mich vor sechs Monaten dazu gebracht, Larissa zu heiraten. Wenn ich geahnt hätte, dass du mir bereits drei Monate nach dieser unspektakulären Heirat ohne Hochzeitsfeier, Blumen und Hochzeitsreise begegnen würdest, hätte ich nicht geheiratet. Jemanden ohne Liebe zu heiraten, ist einfach falsch. Das spüre ich inzwischen und werde mich daher scheiden lassen, ganz gleich, ob du meine Gefühle erwidern kannst oder nicht.«

Seine dunkelblauen Augen forschten in meinem Gesicht. »Wie kann man im gestreckten Galopp einen Borschtsch essen? Bei einem so wichtigen Gespräch an der roten Bete kauen?«, dachte ich und lächelte. Er hielt mein Lächeln für ein Ja und ließ Sekt kommen.

Seitdem trafen wir uns regelmäßig. Witali wollte Larissa nicht verletzen und erzählte ihr nichts von unserer Beziehung. Er wollte die Scheidung durchführen, ohne den wahren Grund zu nennen. Die Scheidung hätte Larissa allerdings entschieden abgelehnt.

Im Frühling kam Witali die Idee, einfach Russland zu verlassen und gemeinsam ein neues Leben jenseits der roten Flagge aufzubauen. Von anderen, die das schon geschafft haben, hörte man in der Sowjetunion immer wieder, zwar nur im Flüsterton, aber diese Geschichten wurden immer lauter und häufiger.

So sitzen wir nun mit 200 DM in diesem Zug, der jetzt langsamer wird, und warten darauf, in den Bonner Hauptbahnhof einzufahren.

In Moskau waren keinerlei Informationen zu bekommen, welche Voraussetzungen bei einer Auswanderung zu erfüllen sind. Zwar hatte man gehört, dass Australien, die USA und Südafrika noch Einwanderer aufnehmen, aber wie und was man dafür benötigte, konnte uns niemand sagen. Die nächsten Wochen würden daher in jeder Hinsicht sehr spannend für uns werden.

Kaum auf dem Bahnsteig, sperren wir unsere Rucksäcke in ein Schließfach und fangen mit der Umsetzung unseres Plans an: zunächst einen Stadtplan besorgen, im Telefonbuch die Adressen der drei Botschaften finden und sie dann nach und nach besuchen. Als erstes Ziel stehen die USA auf dem Plan, die USA, unser Traumziel Nummer eins!

Auf zu Fuß nach Bad Godesberg, um das Geld für die Straßenbahn zu sparen! Früher als gedacht sehen wir die vielen Sterne der amerikanischen Flagge vor dem Botschaftsgebäude. Das Land der Einwanderer, der unbegrenzten Möglichkeiten, der Initiative grüßt und lockt. Ich bin vierundzwanzig Jahre alt, Witali dreiunddreißig. Das beste Alter zum Auswandern, zwei Akademiker, Nichtraucher, beide zu jeder Arbeit bereit. Kann da jemand nein zu uns sagen?

Mit klopfenden Herzen nähern wir uns dem Symbol der Freiheit und sehen: Die Botschaft hat leider schon geschlossen. Macht nichts! Morgen um neun werden wir wieder hier sein. Bei Würstchen und Coca Cola zum Abendessen verbringen wir einige Zeit in der Godesberger Innenstadt. Witali entscheidet, dass wir beim Geld für das Schließfach sparen sollen, denn jedes Öffnen und Schließen kostet fünf Mark, und die wollen wir nicht öfter als ein Mal am Tag ausgeben. Dumm nur, dass wir lediglich T-Shirts tragen und keine Jacke, keinen Pulli dabeihaben. Als der Abend kommt und dann die Nacht, wird es feucht und eisig kalt. Auf einer Parkbank am Rhein lege ich den Kopf auf Witalis Schoß und versuche zu schlafen. Es gelingt mehr schlecht als recht; um sechs Uhr morgens sind wir hellwach, gehen zitternd zum Bad Godesberger Bahnhof und kaufen uns einen heißen Kaffee.

Pünktlich um 9 Uhr betreten wir die Botschaft. Seit drei Monaten haben wir uns auf das Gespräch und mögliche Fragen vorbereitet, aber ich hätte mir meinen Englischkurs sparen können. *No, no, no, it's impossible!* und *No, no, thank you, the next, please!* hätten wir auch ohne Sprachkurs verstanden.

Ich koche innerlich und bin wütend. Ob die Amerikaner wohl früher die einheimischen Indianer gefragt haben, ob sie einwandern dürfen? Wie können sie uns nach ihrer eigenen Vergangenheit so bestimmt und so endgültig abweisen?

Am selben Tag noch, leider auch mit demselben Ergebnis, besuchen wir die Botschaften von Südafrika, Australien, Neuseeland und Frankreich. Die Franzosen machen es sich leicht, sie behaupten kein Englisch zu verstehen. Ihre Frage hingegen, warum wir nach Frankreich einwandern wollen, wenn wir kein Französisch sprechen, habe ich genau verstanden.

Die zweite Nacht – es hat auch noch angefangen zu regnen – verbringen wir am Bonner Hauptbahnhof. Warum dieser Ort »Bonner Loch« genannt wird, erfahren wir erst ein paar Wochen später.

Eine Übernachtung im Hotel können wir uns nicht leisten.

Plan A – auswandern in die weite, weite Welt – hat nicht funktioniert. Also schalten wir auf Plan B um. Weil wir hier sind und dafür immensen Aufwand betrieben haben, gehen wir jetzt als Notlösung »Deutschland« an.

Witali hat eine Abneigung gegen Deutschland – wegen der Sprache zum Beispiel, die für seine Ohren sehr grob klingt, und auch wegen der deutschen Touristen, die auf dem Roten Platz unabhängig vom Wetter kurze Hosen in Kombination mit ungebügelten verwaschenen T-Shirts tragen. Er selbst hat sich in Moskau immer sehr elegant angezogen, egal ob privat oder dienstlich. Für Deutschland hat er aber extra eine kurze Hose eingepackt. »Aus Rache« will er sie auf dem Bonner »Roten Platz« – wo auch immer der sein mag – zusammen mit einem verwaschenen T-Shirt tragen.

An unserem dritten Tag in Bonn suchen wir das Ausländeramt auf – die Institution für Einwanderungsfragen. Aber auch Deutschland zeigt uns die kalte Schulter. Wir können hier mit unserem Touristenvisum nur maximal drei Monate bleiben.

Jetzt also Plan C: Wir bleiben, solange es irgend geht und unser Geld reicht, genießen in der Zeit die Freiheit, die Ungebundenheit und das recht hübsche Städtchen. Was danach kommt, ist uns egal. Wenn wir hier rausgeschmissen werden, müssen wir jedenfalls nicht für die Rückreise sparen.

Genau darauf richten wir uns ein. Um den Aufenthalt angenehmer und länger gestalten zu können, wollen wir nach Unterkunft und Jobs suchen.

Im Moment führen wir ein echtes Vagabundenleben. Wir waschen uns im Rhein und essen vorwiegend Currywurst. Die ist billig und schmeckt. Langsam gewöhnen wir uns an die Umgebung und das Pennerleben im Freien.

Eingekauft wird in dem größten Supermarkt der Stadt, dem Kaufhof. Wir wissen, dass es in kleinen Läden teurer ist als in großen Kaufhäusern. Von den Preisen im Kaufhof sind wir trotzdem schockiert. Selbst bei sparsamsten Einkäufen werden unsere 200 DM wohl nicht lange reichen, auch wenn wir lediglich Mineralwasser, Milch, Brot und Wurst holen. Als vitaminreiche Ergänzung pflücken wir täglich Brombeeren am Straßenrand.

Wir sind glücklich miteinander, kämpfen für unsere Zukunft, laufen durch Innenstadt und studieren die Jobanzeigen, die direkt an den Türen der Läden, Hotels, Kneipen und Restaurants aushängen. Wir klopfen an und fragen, fragen, fragen. Fast alle wollen eine Arbeitserlaubnis sehen, andere lehnen uns ohne Begründung direkt ab. Wir geben nicht auf und suchen weiter.

Schließlich, am vierten Tag, ist der Besitzer eines kleinen Ladens am Bahnhof einverstanden, mich zweimal pro Woche dort putzen zu lassen. Seine letzte Putzfrau hat ihn sitzen lassen und er hat keine Lust, diesen Job mit seiner Frau selbst zu machen. Glück für uns!

Zweimal die Woche zwei Stunden, fünf Mark pro Stunde, macht 20 DM pro Woche! Der Durchbruch! Das erhöht unsere Überlebenschancen wesentlich. Bezahlt wird bar auf die Hand. Das ist es doch! Am gleichen Tag noch, sofort nach Ladenschluss, soll ich zur Probe putzen. Der Besitzer hat auch nichts dagegen, dass Witali mir dabei hilft. Aufmerksam beobachtet er uns. Ich habe keine Ahnung vom Putzen, bin langsam und ungeschickt. Bei uns zu Hause hat immer Mutter geputzt. Ich war ständig mit Schule, Hausaufgaben, zusätzlichem Sprachunterricht und Sport beschäftigt. Für Haushalt hatte ich nie Zeit.

Aber Witali – mein Chef, der Krawattenträger – erweist sich als Putzkanone! Von dieser Seite kannte ich ihn noch gar nicht. Er war für mich eher nicht für »einfache« Arbeit zu haben, sondern Büromensch, Anzugträger, der sich im Dienstauto chauffieren lässt und so wenig wie möglich bewegt.

Jetzt stehe ich neben dem Ladeninhaber, und gemeinsam bewundern wir Witalis Geschicklichkeit. Die Regale sind voll mit teurem Geschirr, die Durchgänge zwischen den Regalen sehr schmal. Witali ist übergewichtig und groß wie ein Bär. Es gleicht einem Wunder, wie geschickt er sich zwischen den Regalen auf engstem Raum bewegen kann; mit welch rasanter Geschwindigkeit er Tassen und Teekannen aus hauchdünnem Porzellan geräuschlos hin und her schiebt; wie er einem Wirbelwind gleich den Staub mit dem feuchten Lappen aus jeder Ecke herauswischt!

Nach einer 40-minütigen Putzorgie gibt mir (!) der Ladenbesitzer 20 DM auf die Hand und erklärt ausdrücklich sein Einverständnis, wenn Witali mir auch in der Zukunft beim Putzen hilft. Er wird das Doppelte vom ursprünglich Ausgemachten zahlen. Dabei verzichtet der nette Herr auf weitere Fragen, woher, warum oder wieso, und lädt uns zu einer Tasse Kaffee ein, kauft dazu zwei Schokocroissants und heißt uns feierlich in seinem Land und in seinem Bonn willkommen. Erfreut stoßen wir mit unseren Kaffeetassen auf die russisch-deutsche Freundschaft an. Vor längerer Zeit war er mal in Moskau und Sankt Petersburg; dort haben ihn die Russen herzlich empfangen und sogar in ihre engen Privatwohnungen eingeladen, wo sie für ihn und seine Frau *Blini* gebacken und russische Lieder gesungen haben.

Während seiner Russlandsreise hat er keine Vorbehalte gegen sich oder Anfeindungen wegen des vergangenen Krieges bemerkt und freut sich nun, uns beiden Russen mit der gleichen Freundlichkeit in seinem Land begegnen zu können.

Dies ist das erste Willkommen in Deutschland. Endlich werden wir nicht wie Aussätzige behandelt. Das bedeutet uns viel mehr als der heiße Kaffee, die Croissants und 20 DM.

Zur Feier dieser Verbesserung unserer Lage kaufen wir Orangensaft, ein gegrilltes Hähnchen und ein Baguette. Bei dem anschließenden Festmahl am Rhein frage ich Witali, wie es kommt, dass er so gut putzen kann.

»Drei Jahre als Matrose bei der russischen Marine, da lernst du putzen!«, sagt er. »Bei den Kontrollgängen der Offiziere durfte sich in keinem Spalt, in keiner Ecke und hinter keiner Kante auch nur die kleinste Verschmutzung für ihr schneeweißes Taschentuch finden lassen.«

Der fünfte Tag in Bonn bringt mir meinen zweiten Job: als Zimmermädchen in einem Hotel in der Nähe vom Marktplatz. Auch hier ist das ältere Besitzerpaar sehr diskret, stellt wenig Fragen. Arbeiten muss ich jeden Tag von 8 bis 12 Uhr, und auch hier für 5 DM pro Stunde, also 20 DM am Tag, ab sofort. Außerdem kann Witali in der Küche aushelfen, dreckige Töpfe und Pfannen reinigen und daneben allerlei handwerkliche Arbeiten erledigen, die in einem großen Hotel und Restaurant anfallen. Dass er kein Deutsch spricht, macht den Besitzern nichts aus. Auch er soll 5 DM pro Stunde bekommen und dieselben Arbeitszeiten haben wie ich. Von Fall zu Fall soll er auch noch abends helfen, wenn das Restaurant voll ist und die Pfannen und Töpfe häufiger gespült werden müssen.

Zum perfekten Glück fehlt jetzt nur noch ein vernünftiger Platz zum Schlafen. Von Übernachtungen auf den Drahtbänken am Bonner Hauptbahnhof habe ich trotz eines Schlafsackes als Polster am ganzen Körper blaue Flecken. Die Nächte werden länger und kälter und auch die Bahnhofspolizei schaut uns schon ein wenig schief an. Gott sei Dank wurde bisher noch nicht nach Dokumenten oder Visa gefragt.

Am sechsten Tag stehen wir vor dem Schwarzen Brett am Uni-Hauptgebäude. Es quillt über von allen möglichen Anzeigen für Jobs, Sprachunterricht im Tandem, Tausch-, Kauf- und Verkaufsangeboten. Es gibt auch Wohnungsanzeigen.

Anhand eines Taschenwörterbuches, das ich immer dabeihabe, versuchen wir, all die Kürzel in den Wohnungsangeboten zu entziffern.

1 Z K B Kaltmiete 200 DM bedeutet: ein Zimmer, Küche, Bad – klar!

2 Z K B K G könnte bedeuten: zwei Zimmer, Küche, Bad, Keller, Garage oder Garten, je nachdem.

Bei preiswerten Angeboten wiederholt sich das Kürzel WG, und darüber gibt mir mein Diktionär mit vergilbten Seiten, Zeitgenosse des zweiten Weltkriegs, keine Auskunft, was es bedeuten könnte.

Vielleicht hat ein besonders günstiges Zimmer einen Winter-Garten (WG)? Oder heißt es »Wohnen mit Gartennutzung«?

»Wohn-Garten«? Wir lassen unsere Fantasie spielen, aber wieso sind diese Wohnungen dann billiger als die ohne Garten? Ist vielleicht die Gartenpflege Teil des Mietvertrages und Aufgabe des Mieters? Das wäre dann schon ein entscheidender Nachteil und würde die Preisdifferenz logisch erklären. Die ganze Welt spricht schließlich von den verrückten Deutschen, die ihr Gras im Vorgarten mit einer Nagelschere schneiden. Und vielleicht nimmt man sich ja heutzutage für solche Arbeiten Personal, Ausländer wie uns zum Beispiel. Wir sind uns einig: weniger Geld für weniger Komfort, absolut gerecht.

Etwas anderes als »Garten« allerdings fällt uns zu dem Buchstaben G in diesem Zusammenhang nicht ein. G ohne W ist eindeutig »Garage«, was auch den höheren Mietpreis rechtfertigt. Und G mit W davor müsste demnach irgendeinen Nachteil haben. Irgendwas aus dem Alltag, etwas Unbequemes, wofür man als Vermieter dann auch nur weniger Miete verlangen kann. Wir haben uns bereits für ein zentral gelegenes 10 qm-WG-Zimmer entschieden, als Witali plötzlich eine Eingebung hat: »Ich weiß, was das Kürzel bedeutet, nämlich Wasserklosett im Garten. Ein Manko? Selbstverständlich!«

Wir denken beide an herkömmliche russische Datschas mit Plumpsklos aus Holz. Im Winter sind die ziemlich kalt, im Sommer stinkt es dort, und dazu muss man den Aufnahmebehälter leeren. Das erklärt den Preisnachlass für den Mieter.

»Ach, weißt du, den ekligen Plumpsklo-Job übernehme ich alleine«, bemerkt Witali. »Bei dem Preis kann man doch gar nicht nein sagen. Und glaub mir, bei der Marine musste ich mich mit Schlimmerem beschäftigen, das hat mir damals auch nichts ausgemacht. Abgesehen davon: In Deutschland gibt es sowieso keinen richtigen Winter, sodass ein Klo im Garten ohne Heizung gar nicht so tragisch sein kann. Wer weiß, vielleicht steht in diesem Garten noch ein Apfel- oder Birnbaum neben dem Klohäuschen, dann hätten wir auch noch frisches Obst umsonst!«

Ich reiße die Telefonnummer ab.

Witali ist sehr stolz auf sich. Er und nicht seine Irina mit ihren deutschen Sprachkenntnissen hat die wohl einzig plausible Erklärung für die Abkürzung »WG« gefunden. Auf dem Weg zur nächsten Telefonzelle treffen wir auf ein Pärchen in unserem Alter, das freundlich und offen aussieht. Ich kann es mir nicht verkneifen, sie einfach zu fragen, ob »WG« in einer Wohnanzeige tatsächlich »Wasserklosett im Garten« heißt. *Doverjaj no proverjaj*, Vertrauen ist gut, aber Kontrolle besser.

Beide lachen schallend. Wir müssen erst einmal warten, bis sie wieder einigermaßen in der Lage sind, mit uns zu sprechen.

»Wie seid ihr um Gottes Willen auf diese Idee gekommen?«, fragt uns die Frau erstaunt.

Ich erkläre ihr unsere Situation, erzähle vom Schwarzen Brett in der Uni, von den Abkürzungen, und dass wir auf der Suche nach einem Zimmer oder irgendeiner provisorischen Unterkunft sind. Nach diesem Gespräch und einem Moment des Überlegens bietet uns Rosi, die junge Deutsche, an, dass wir erstmal umsonst bei ihr wohnen könnten. Wir brauchten dafür weder zu putzen noch sonst irgendwas zu erledigen; sie bietet es »einfach so« an.

Aber sie sagt, sie möchte uns jetzt noch nicht verraten, was »WG« bedeutet. Das will sie sich für später aufheben und uns die Lösung des Rätsels direkt in ihrer Wohnung vorführen.

Während wir noch nebeneinander stehen, äußert Klaus, ihr Begleiter, heftige Bedenken: »Bist du eigentlich total verrückt? Willst du dir wirklich zwei ausländische, stinkende Penner mit nach Hause nehmen? Betrügen werden sie dich, beklauen, ausrauben und vielleicht sogar umbringen!«

Er scheint wirklich entsetzt, Rosi jedoch lächelt nur und hält an ihrer Entscheidung fest.

»Außerdem«, sagt sie, »werde ich noch heute Abend etwas typisch Deutsches für uns und die beiden kochen.« Und danach, zu Klaus gewandt: »Dann brauchst du dir auch keine Sorgen mehr zu machen, dass die mich vor Hunger umbringen!«

Von all dem kann ich Witali nur einzelne Sätze, teilweise nur bruchstückhaft übersetzen, kann ihm aber klar machen: »Die Frau ist nett, will uns helfen, während der Mann uns für Banditen hält.«

Kaum hat Witali die Situation erfasst, da bricht ein Satz aus ihm heraus, den wir hier in Deutschland schon zigmal an den Eingängen von Geschäften gelesen haben. Etwas traurig, sehr brav, fast gehorsam sagt er: »Wir müssen draußen bleiben, ja?«

Lauter als wir andern drei zusammen lacht Klaus jetzt los. Das Eis zwischen uns ist gebrochen. Klaus willigt ein, will nun doch auch mit zu Rosi kommen, ihr sogar beim Kochen helfen und ausreichend Hefeweizen für die Stimmung besorgen.

Was für ein fliegender Galoppwechsel, denke ich.

Wir machen uns auf den Weg zu Rosis Wohnung; allerdings, so Rosi durchaus wohlwollend, könne uns eine warme Dusche nicht schaden. In der Wohnung angekommen klärt Rosi das Rätsel mit »WG« auf: »Wenn mehrere Leute zusammen wohnen, ohne verwandt zu sein, dann nennt man das in Deutschland ›Wohn-Gemeinschaft‹, WG! Ihr beide und ich, wir sind jetzt eine WG!«

»Und wo ist das Klo?«, fragt Witali etwas verhalten.

Rosi öffnet die Tür zu einem mit blütenweißen, großformatigen Fliesen bis zur Decke ausgestatteten Badezimmer. Schmale Ornamente aus sandfarbenen Natursteinen in Augenhöhe und am Badewannenrand, echte tropische Meeresmuscheln, grüne Glaskugeln und ein mit polierten Kokosnussschalen eingerahmter Spiegel verleihen dem Bad einen Hauch von Karibik. Die letzten Zweifel bei Witali verschwinden.

Rosi kann nicht ahnen, dass sie nur einige Jahre später in Moskau die *Blini* meiner Mutter essen und trotz ihrer kurzen Hose und des verwaschenen T-Shirts von Witali im schwarzen Mercedes zum Roten Platz gefahren werden wird. Doch davon später.

Bilder aus der Vergangenheit tauchen auf: mehr oder weniger deutliche Erinnerungen an eine Zeit, in der mein jetziges Leben noch »Zukunft« hieß.

In Moskau

Unbeflecktes Zeugnis

In jedem Klassenzimmer hängt ein Portrait von ihm, dem großen Lenin. Er soll uns Schülern als Vorbild dienen. Jeder weiß: Lenin hatte in der Schule immer die besten Noten. Im Eingang wird man von seinem übergroßen Portrait begrüßt, daneben hängen die kleinen Fotos von Schülern, die es geschafft haben, sich durch Bestnoten auszuzeichnen.

Unter einem ernsten Gesicht mit zwei Zöpfen steht der Name »Irina Tschernikowa«. Das bin ich. Jedes Jahr, schon seit der ersten Klasse, hängt so ein Bild von mir an dieser »Strebertafel«. Dabei ist es nicht Lenin, der mich zum Lernen anspornt, sondern Angst, pure Angst. Sie ist der treibende Motor in meinem Schulleben. Angst, den Erwartungen der Lehrer und meiner Eltern nicht gerecht zu werden. Die Vorstellung, in ihren Augen ein Taugenichts zu sein oder dumm im Vergleich zu anderen Schülern, ist für mich so schrecklich, dass ich mich jeder Anforderung, egal in welchem Fach, stelle und mich solange damit herumquäle, bis sie gelöst ist und ich sie beherrsche. Dafür gehe ich nicht mit anderen Kindern auf die Straße spielen – für so etwas verschwende ich keine Zeit. Ich bin anerkannt als eine der Besten, bin Anwärterin für eine Goldmedaille, auf die nicht nur ich selbst, sondern die ganze Schule noch Jahre lang stolz sein kann. Diese Goldmedaille bekommt man nämlich nur, wenn man alle Schuljahre hindurch ausschließlich Bestnoten gehabt hat.

Im Rechnen, Lesen und Schreiben komme ich mit viel Üben zurecht. Und falls mir etwas unklar bleibt, helfen mir beide Eltern. Schließlich bin ich auch ihr Stolz.

Woher mein Ehrgeiz kommt, ist mir völlig unklar. Vererbt scheint er nicht zu sein. Mein Bruder Kirill hat ihn nicht mal ansatzweise, obwohl wir doch dieselben Eltern haben und obwohl wir in dieselbe Schule gehen. Er schwänzt ganz gern mal den Unterricht, nimmt die schulischen Aufgaben nicht besonders ernst und bekommt auch nie Kopfschmerzen wegen schulischer Probleme. Im Gegensatz zu mir. Ich wäre gerne wie Kirill: locker, selbstbewusst und angstfrei. Nur: wie wird man so?

Im täglichen Unterricht beherrsche ich so ziemlich alles, bis auf den künstlerisch-musischen Bereich – Musik und Zeichnen. Meine Kenntnisse gebe ich auch gern an Nachhilfeschüler weiter. Es macht mich stolz, wenn sie mit meiner Hilfe Erfolg haben.

In der achten Klasse, ich bin gerade 14 geworden, bekommen wir fatalerweise einen neuen Sportlehrer, Ersatz für die von mir heiß geliebte Valentina Iwanowna, die schwanger ist und sich für ein Jahr hat beurlauben lassen.

Der Neue, dem wir den Spitznamen »Karandasch« verpasst haben – das russische Wort für Bleistift, weil er vorzugsweise alles in Grau anhat –, will, dass wir im Sportunterricht gleich gekleidet antreten: kurze Hose und ein weißes T-Shirt. Seit meiner Kindheit habe ich Storchenbeine, die ich beim Sport mit einer langen Hose kaschiere. Aber widerstandslos wie immer beuge ich mich der neuen Vorschrift und trage jetzt eine kurze Hose.

Sport ist neben Englisch mein Lieblingsfach; unter den Mädchen gehöre ich seit Jahren im Schwimmen und im Laufen zu den Schnellsten. Von Valentina Iwanowna war ich mehrfach zu Schulolympiaden geschickt worden, eine Auszeichnung nur für die Besten. Um mein »sehr gut« im Sport mache ich mir daher keine Sorgen.

Doch bei Karandasch muss ich unverhofft feststellen, dass ich mir da gar nicht so sicher sein kann: Bei Sprints pfeift er mich wegen Fehlstarts zurück, obwohl ich sicher bin, nicht zu früh gestartet zu sein. Beim Werfen und im Weitsprung wirft er mir falsche Technik vor. Urplötzlich steht im Zeugnis statt meines üblichen »ausgezeichnet« nur »gut« für das erste und das zweite Viertel des Schuljahres.

Der neue Lehrer scheint etwas gegen mich zu haben, obwohl ich doch all seine Forderungen erfülle, nie fehle und auch eine kurze Hose trage. Ich störe nie, bin fleißig und absolviere erfolgreich alle Übungen. Was erwartet er mehr?

Meine Mutter tröstet mich damit, dass noch Zeit genug ist für mein übliches »ausgezeichnet«. Mein Vater amüsiert sich und scherzt, ob er mir vielleicht Nachhilfe im Sport geben solle!

Im Turnunterricht beginnen wir mit »Bocksprung«. Karandasch steht neben dem Bock, gibt Anleitungen und Hilfestellung. Er greift an das rechte Handgelenk des Schülers und stützt mit links den Rücken. Eine Hilfestellung, die jedenfalls ich bisher noch nie gebraucht habe. Mit Leichtigkeit bin ich immer über den Bock oder auch das Langpferd gesprungen.

Und so bin ich wie vom Blitz getroffen, als mir mitten in meinem Sprung die »helfende« Hand vom Karandash von hinten zwischen die Beine fasst. Noch in der Luft zucke ich zusammen, erschrocken und so durcheinander, dass ich zum ersten Mal überhaupt vorn auf dem Bock hängen bleibe. Ich wäre wohl sogar gestürzt, hätte er mich nicht im letzten Moment noch am rechten Arm festgehalten. Als ich ihn danach bitte, mich doch allein springen zu lassen, lehnt er das entschieden ab, sagt, er könne und wolle nicht riskieren, dass ich mir ohne seine Hilfeleistung womöglich den Hals breche.

Ganz genau beobachte ich ab jetzt, wie er andere Schülerinnen sichert. Einige berührt er gar nicht, anderen wieder greift er nur kurz ans Handgelenk oder an den Unterarm. Und selbst die »dicke Marina«, die immer furchtbare Angst vor dem Bock hat, schiebt er mit einem Griff am Rücken über den Bock, ohne sie in gleicher Weise wie mich anzufassen.

Nach dem Unterricht frage ich Ludmila, meine beste Freundin: »Ist dir bei Karandaschs Hilfestellungen etwas aufgefallen? Hast du gesehen, wie er mich angefasst hat? Hat er dir auch zwischen die Beine gefasst?«

Sie ist erstaunt: »Nein, er hat mich überhaupt nicht berührt, weder am Arm noch am Rücken noch sonst wo. Mich hat er allein springen lassen.«

Als die Prüfungen für das Quartalszeugnis anstehen, hoffe ich also auch, dass Karandasch mich ohne seine Hilfe springen lässt. Wenn nicht, werden Ludmila und die anderen Zeugen eines Übergriffs werden. Aber Karandasch greift bei allen drei Versuchen nur an meinen Arm und hält mich am T-Shirt weit oben im Rücken zurück, lässt auf diese Weise meine Sprünge elend verunglücken. Meine Mitschüler fangen wegen meiner offensichtlichen Ungeschicklichkeit an zu kichern. So was kennen sie von mir nicht, die doch sonst immer den Überflieger macht und andere eher schlecht aussehen lässt. Karandasch aber ermahnt sie, der Sprung sei schwierig und gefährlich und es gehöre sich nicht, andere wegen schlechter Leistungen auszulachen.

Als ich zum dritten Mal durch seine »Hilfe« gescheitert bin, erklärt er auch noch, froh zu sein, dass mir nichts passiert ist. Und nun dreht er mich zur Klasse, wie vorher schon die dicke Marina, die er gelobt hat, hebt meinen Arm wie bei ihr, und verkündet, dass ich zwar den Sprung nicht geschafft hätte, aber wegen meines Fleißes und meiner Pünktlichkeit noch ein »befriedigend« bekäme. Ohne diese Pluspunkte hätte er mich durchfallen lassen müssen. Die Mitschüler applaudieren und rufen »Bravo!«, schauen dabei allerdings ausgesprochen höhnisch, und ich merke deutlich, dass ich nicht besonders beliebt bin. Ich bin eben ein »Streber«.

In der Umkleide heule ich. Meine Freundin Ludmila sagt darauf ganz kühl zu mir: »Hör auf, du hast keinen Grund zum Heulen! Wo du noch eine bessere Note hast, als du verdienst! Ich habe genau gesehen, dass er dich am Rücken und am Arm festhalten musste, sonst wärst du ganz sicher hingefallen. Das hat die ganze Klasse gesehen. Und alle haben auch gesehen, dass du als einzige nicht für Marina applaudiert hast. Du bist neidisch auf jeden, der mal etwas besser kann als du.« Aber Ludmila ist noch nicht fertig. Jetzt muss ich mir anhören, dass die Lehrer meine »ausgezeichnet« bisher wohl mehr aus Gewohnheit als wegen wirklicher Leistungen vergeben hätten, und das sei verdammt ungerecht! Karandasch hat das endlich mal durchbrochen und die wirkliche Leistung bewertet und nichts auf die glorreiche Vergangenheit gegeben. Die anderen Mädchen in der Umkleide hören aufmerksam zu, nicken zustimmend.

Fix und fertig schleiche ich aus der Umkleide.

In den nächsten Sportstunden sind wir am Stufenbarren. Immer wieder sucht und findet Karandasch Gelegenheiten, mich bei der Hilfestellung heimlich zu begrapschen. Er verzieht dabei keine Miene, gibt fachliche Anleitungen und erklärt mir vor der ganzen Klasse meine unzähligen Fehler. Nach dem Unterricht ruft er mich zu sich, und als wir allein sind, kriege ich zu hören, dass meine Klassenlehrerin und unsere Schuldirektorin ihn gebeten haben, mein übliches »ausgezeichnetes« Jahresabschluss-Zeugnis und die Aussicht der Schule auf eine Goldmedaille im landesweiten Vergleich nicht durch eine schlechte Sport-Note zu verderben.

Ich staune, dass mein Versagen im Sport sich bereits in der Schule herumgesprochen hat. Karandasch hält fest, dass er mich für schlechte Leistungen keinesfalls gegenüber den anderen besser bewerten wird. Aber er wäre bereit, mir nach der Schule »Nachhilfe« zu geben, damit sich meine Leistungen bessern.

Ich mag mir gar nicht vorstellen, mit Karandasch allein in der Turnhalle zu sein. Ich verabscheue ihn, seinen starren schweren Blick, seine unverschämten Berührungen. Aber wie soll ich darüber und mit wem sprechen, wenn schon meine beste Freundin Ludmila mir nicht glaubt? Man wird die Übergriffe als Teenager-Fantasie abtun und mich als Spinner hinstellen – oder mir gar unterstellen, alles ausgedacht zu haben, um mich an Karandasch zu rächen, der mir schlechte Noten gibt. Bei den anderen Mädchen ist er offenbar immer »anständig« gewesen, die hat er nur am Rücken oben oder am Handgelenk berührt.

Nein, mit Unterstützung kann ich nun nicht wirklich rechnen. Was soll ich denn jetzt machen? Ich fühle mich wie in einer Falle.

Karandasch beendet das Gespräch mit der Bemerkung: »Überleg es dir! Viel Zeit bleibt dir nicht mehr, wenn du deine Note verbessern willst.«

Warum bloß erwarten alle von mir immer nur »ausgezeichnet«? Ich bin doch kein Lenin! Und muss man denn wirklich alles tun, nur um das eigene Bild neben Lenins Portrait hängen zu sehen?

Ich zögere noch einige Tage, bis er mir bei der nächsten Stufenbarren-Prüfung wieder nur ein »befriedigend« verpasst. Nach dem Unterricht bitte ich um die angebotene »Nachhilfe«.

»Es ist beinahe zu spät«, meint er. »Aber wenn du alles machst, was ich sage, besteht noch eine winzige Chance; andernfalls musst du mit ›nicht ausreichend‹ rechnen.«

Was das bedeutet, muss er mir nicht erklären. Ein »nicht ausreichend« als Abschlussnote in der achten Klasse heißt, dass ich nicht in die Neunte komme und die Schule verlassen muss. Diese Drecksau weiß genau, wo er den Hebel ansetzen muss!

Verdammt, ich stecke fest! Ich will nicht akzeptieren, dass jemand so viel Macht über mich hat. Und überhaupt: Warum gerade ich? In meiner Klasse gibt es doch viel hübschere Mädchen, mit Busen und viel erwachsener als ich, die sich schminken, die Fingernägel lackieren und mit teuren schicken Strumpfhosen herumlaufen. Aber das rettet mich nicht, und was dann während der Nachhilfe passiert, bleibt natürlich ohne Zeugen.

Danach traue ich mich nicht mehr über das Thema »Sportunterricht« und Karandasch mit Eltern und Klassenkameraden zu sprechen.

Am Ende dieses Schuljahres ist es dann mein Vater – nicht ich – der ungeheuer stolz ist, weil mein Zeugnis mal wieder durch keine andere Note als »ausgezeichnet« befleckt wird.

»Etwas anderes habe ich von dir auch nicht erwartet!«, meint er, und auch die Direktorin strahlt wie ein Honigkuchenpferd.

Ich selbst bin alles andere als glücklich. Für mich bin ich durch die wichtigste Prüfung dieses Jahres gefallen.

Ich schaue auf das Portrait von Lenin. Ob sich hinter seiner Stirn auch schmutzige Geheimnisse verbergen?

Ziegen in Moskau

Zwanzig Rubel. Das ist mein Monatslohn als Förstergehilfin im Waldpark Bitze im Süden von Moskau. Plus vierzig Rubel Stipendium auf meinem Weg zur Diplom-Ingenieurin. Insgesamt also sechzig Rubel. Das sind nur zwanzig weniger, als meine Mutter als Ärztin in einem Krankenhaus bekommt, und die Hälfte dessen, was mein Vater als Staatsanwalt beim Militär im Monat nach Hause bringt. Gar nicht schlecht, gar nicht schlecht, und das mit siebzehn Jahren! Auf die Idee, in der Försterei zu arbeiten, bin ich durch meinen Spaniel Dana gekommen, der dreimal am Tag Gassi gehen will, unabhängig von Wetter, Prüfungen und Feten. Meine Eltern und mein Bruder sind geschlossen gegen meinen Wunsch gewesen, einen Hund anzuschaffen, wie übrigens gegen die Anschaffung eines jeden Tieres, das unsere Wohnung mit uns teilt. Ich habe daher schon Übung im Durchsetzen meiner Wünsche: zuerst bei einem Wellensittich, danach bei unserer Katze und zum Schluss bei Dana, meiner Spaniel-Hündin. Der Umgang mit Dana bereitet mir das größte Vergnügen, auch wenn sie die meiste Arbeit macht. Es ist ein harter Job, dreimal am Tag Gassi zu gehen! Ich denke darüber nach, wie ich das Angenehme mit dem Nützlichen verbinden und für diese Mühen sogar Geld bekommen könnte. Die Lösung kommt mir auf einmal, als ich mit Dana im Wald unterwegs bin und einen älteren Mann sehe, der dort gegen Bezahlung Müll sammelt. Ich melde mich in der Försterei und bekomme ungefähr zwei Hektar Wald zum Aufräumen zugewiesen. Während ich meinen Job mache, kann Dana sich austoben. Der Rubel rollt! Gelegentlich helfen Mutter und Vater beim Müllsammeln. Bald wird der Wald unser »Familienwald« und dann vermutlich das sauberste Erholungsgebiet in ganz Moskau.

Als ich jetzt also mit Dana und leicht verdienten zwanzig Rubeln in der Hand aus dem Verwaltungsgebäude des Forsthauses trete, kommt uns wenige Schritte vor dem Büro der Försterei eine Babuschka mit einem verwaschenen geblümten Kopftuch entgegen. In der Hand hält sie eine Leine, an deren Ende eine Ziege und zwischen deren Beinen wiederum ein Zicklein läuft. Mir liegt im Vorbeigehen ein forscher Spruch auf der Zunge, wie etwa: »Die Vorschrift, den ›Hund‹ an der Leine zu führen, haben Sie erfüllt, aber wo ist der Maulkorb?«

Ihr sorgenvoller Gesichtsausdruck verhindert allerdings, dass ich den Spruch auch äußere, denn die Frau kämpft mit den Tränen. Sie will mir etwas sagen, weiß aber wohl noch nicht so recht, wie.

Ich bleibe stehen und warte, bis sie sich ein Herz fasst: »Ich bin viele Kilometer gegangen. Viele Stunden. Mein Dorf mit meinem Haus wird abgerissen. Man hat mir dafür ein Zimmer am anderen Ende von Moskau zugewiesen. Ein winziges Zimmer. Kein Platz für Ziegen weit und breit. Auch die Menschen aus den Nachbardörfern werden umgesiedelt. Ich weiß einfach nicht, wohin mit meinen Ziegen!«

Mit trauriger Entschlossenheit drückt sie mir die Leine mit der Ziege in die Hand, und ich kann nicht widersprechen. Sie streichelt die große zwischen den Hörnern, sagt mir dabei: »Du kannst mit ihnen machen, was du willst: sie melken, schlachten oder den Tigern im Zoo verfüttern; es ist mir egal. Aber Katja, die große, muss täglich gemolken werden, und das Zicklein heißt Zlata.«

Sie dreht sich um und verschwindet.

Als der Förster aus dem Büro kommt und mich mit den Ziegen sieht, lästert er, ob ich für meinen Monatslohn neue Wachhunde angeschafft hätte. Ich biete ihm zunächst an, mir diese »Hunde« abzukaufen. Doch dann erzähle ich, was gerade passiert ist. Andere Mitarbeiter kommen hinzu und wir beraten: »Wer nimmt die Ziegen auf, oder wer kennt jemanden, der sie aufnehmen würde?« Niemand. Ich frage den Förster, ob sie in der Försterei bleiben können, denn nach Hause kann ich sie unmöglich mitnehmen. Ich lebe im siebten Stock eines Hochhauses mitten in Moskau. Die Wohnung hat nur einen kleinen Balkon. Ich brauche gar nicht erst zu versuchen, meine Eltern zu überreden. Glücklicherweise genehmigt der Förster den Verbleib für den Übergang, bis wir ein neues Zuhause gefunden haben. Ich entrümpele einen Holzverschlag und quartiere die beiden Ziegen dort ein.

Eigentlich bin ich wenig begeistert. Mein häuslicher Zoo sorgt schon für genug Stress: Die Katze jagt den Wellensittich, der Hund versucht dauernd, der Katze Manieren beizubringen, alles muss gesäubert und gefüttert werden. Jetzt kommen auch noch die Ziegen dazu! Und schließlich: Wenn schon die Babuschka in den Dörfern niemanden finden konnte – wem soll ich dann die Ziegen in Moskau anbieten?

Auf dem Weg nach Hause denke ich zum ersten Mal darüber nach, dass ja auch dort, wo unser Hochhaus im Stadtviertel Jasenevo steht, früher einmal Dörfer mit Ziegen, Kühen und Pferden waren. Daran denkt man überhaupt nicht, wenn man in so ein nagelneues, sechzehn Stockwerke hohes Haus einzieht.

Ich halte »Kriegsrat« mit meinen gutmütigen Eltern, die gerade von der Arbeit zurück sind. Ich verspreche, die Ziegen unter keinen Umständen mit in die Wohnung zu bringen. Meine Eltern erklären sich daher bereit, an dem Ziegenprojekt mitzuwirken. In einer Enzyklopädie informiert sich mein Vater augenblicklich über Ziegenfutter und sucht direkt ein paar Äpfel, Möhren und trockenes Brot; meine Mutter findet einen alten Topf, der als Tränke dienen kann; ich nehme eine Schüssel zum Melken, und gemeinsam gehen wir zurück in die Försterei. Der Förster erlaubt uns, für die Ziegen Futter im Wald zu sammeln. Mein Vater fühlt sich bereits als Experte. Er marschiert sofort los, um Äste und Blätter zu suchen, die den Ziegen besonders gut schmecken könnten. Meine Mutter füllt unterdessen Wasser in ihren Topf. Katja säuft ihn rasch leer.

Wir bringen Katja und Zlata zum Grasen auf eine Waldwiese. Streunende Hunde kommen. Wir versuchen vergeblich, diese mit

Geschrei zu verscheuchen. Katja bleibt ganz gelassen, neigt nur ihren Kopf, zeigt den Hunden ihre prachtvollen gebogenen Hörner. Ihre leuchtend gelben Augen folgen jeder Bewegung der Streuner. Diese Sprache verstehen die wilden Hunde viel besser als unsere armseligen Bemühungen, die Ziegen zu beschützen.

Zlata will schmusen und spielen. Auf der Stelle freundet sie sich mit meiner Dana an. Sie laufen hintereinander her und tollen ausgelassen um die Ziegenmutter herum. Um diese macht Dana wegen der furchteinflößenden Hörner doch lieber einen großen Bogen.

Nach gut einer Stunde beenden wir den Ausflug mit den Tieren und ich starte den ersten Melkversuch meines Lebens. Ich wische das Euter mit einem im Wasser getränkten Taschentuch ab, meine Mutter streichelt die Ziege hinter den Ohren, mein Vater lenkt das Zicklein ab. Erstaunlicherweise klappt das Melken auf Anhieb, ein paar schneeweiße Milchstrahlen spritzen in die Schüssel, und schon nach kurzer Zeit ist das Euter weich und leer. Mächtig stolz über das kaum gefüllte Glas trinke ich zum ersten Mal Ziegenmilch.

In den nächsten Tagen telefoniere ich Freunde, Bekannte und Verwandte ab, um den beiden Ziegen eine neue Bleibe zu verschaffen. Nun verstehe ich auch die Tränen der Oma und ihre Hoffnungslosigkeit: Die meisten der Angerufenen lachen, erklären mich für verrückt oder halten meine Nachfrage für einen Scherz; andere würden gern helfen, sehen aber keine Möglichkeit. Einer erzählt mir von seiner Katze und wie schrecklich es war, als er sie weggeben musste und niemanden fand, der sie nehmen konnte, sodass er sie letztendlich zum Tierarzt bringen und ihr eine tödliche Spritze geben lassen musste. Das mag ich mir für meine Ziegen keineswegs vorstellen!

Mit jedem Sommertag wird die Lage bedrohlicher. Die Ziegen fressen über Nacht alles, was wir am Tag zuvor gebracht haben. Wir müssen unser Leben in diesem Sommer ganz nach den Ziegen richten – die Ziegen auf die Weide bringen, bei ihnen bleiben, das

Futter für den Rest des Tages besorgen, den Holzverschlag ausmisten, Wasser nachfüllen und Katja melken. Ein volles Programm!

Die Leute machen sich anfangs noch über uns lustig, wenn sie uns mit den Ziegen begegnen. Allmählich gewöhnen sie sich an unseren eigenartigen Trupp, werden neugierig und verwickeln uns in Gespräche.

Eines Tages berichtet mir ein Spaziergänger im Wald von dem Kind einer Freundin, das eine seltene Allergie hat und als »Medizin« unbedingt frische Ziegenmilch benötigt. Das ist die Rettung für Katja, Zlata und auch für meine inzwischen pflegemüden Eltern, die trotz gesunder und leckerer Ziegenmilch dem Winter mit Schrecken entgegensehen. Diese Freundin hat glücklicherweise eine typische Moskauer Datscha mit ausreichend Platz und will die Ziegen auf der Stelle übernehmen. Sie kommt schon am nächsten Tag mit ihrem Mann in einem Moskwitsch angefahren. Sie schiebt meine beiden Ziegen auf den Hintersitz, setzt sich selbst dazu und verschwindet ratzfatz.

Danach bleibt ein halbvolles Glas Ziegenmilch noch ungewöhnlich lange auf unserem Küchentisch stehen.

Lisa aus Pjatigorsk

»Bitte«, sagt die alte Frau, »setzen Sie sich zu mir«. Mit einer einladenden Geste und mildem Lächeln winkt sie meine Mutter zu sich an ihr Bett.

Meine Großmutter väterlicherseits, Anastasija Fjodorowna, versinkt fast in ihrem mit Federn prall gefüllten Kissen, ihr Gesicht ist schmal geworden – jetzt, da sie nicht mehr aufstehen kann.

Sie ist immer fit gewesen mit ihren einundneunzig Jahren, hat noch weite Spaziergänge mit unserem Spaniel Dana gemacht, der ihr seine Freude mit einem dankbaren Schwanzwedeln zeigte.

»Jetzt, wo ich nicht mehr lange leben werde«, sagt sie, »muss ich Ihnen ein Geheimnis offenbaren, das ich alle Jahre vor Ihnen verborgen gehalten habe. Ihr Mann, mein Sohn, hat noch eine andere Familie neben dieser, in der ich bald sterben werde. Sie lebt in Pjatigorsk. Ich muss dazu sagen, dass, wie Sie wissen, mein Sohn und ich ursprünglich von dort kommen. Konstantin ist da groß geworden und in die Schule gegangen. Noch bevor er in die Schule ging, ist er mit Lisa, einem Nachbarsmädchen, befreundet gewesen und hat dann all die Jahre gemeinsam mit ihr die Schulbank gedrückt.

Lisa war leicht körperbehindert, sie hatte irgendetwas an der Hüfte. Beim Gehen hinkte sie, konnte nicht laufen und springen und deshalb auch bei den meisten Kinderspielen nicht mitmachen. Wenn andere Kinder das scheue Mädchen hänselten, beschützte Konstantin sie. Er war ihr einziger Freund. Lisas Eltern waren sehr arm. Der Vater arbeitete als Hilfsarbeiter in einem Lebensmittelgeschäft, und die Mutter war dort als Putzfrau beschäftigt. Beide hatten keine Ausbildung. Wir dagegen waren eine sehr angesehene Familie. Mein Mann war Rechtsanwalt, und auch sein Vater war bereits Rechtsanwalt gewesen. Mit achtzehn wollte Konstantin Lisa heiraten, aber mein Mann und ich haben ihm das nicht erlaubt. Er war noch zu jung, hatte keine Ausbildung, musste noch zum Wehrdienst, und wir wollten auch, dass seine Ehefrau aus einer besseren Familie kommt, eine Ausbildung hat und nicht behindert ist. Konstantin war immer ein gehorsamer Sohn. Wir hatten nie Streit in der Familie; mein Mann und Konstantin verstanden sich sehr gut. Nach der Armee hat Konstantin in Moskau ein Jurastudium begonnen und ist später beim Militär Staatsanwalt geworden. Als er nach Wladiwostok versetzt wurde, hat er Sie getroffen. Sie haben uns sofort als zukünftige Schwiegertochter zugesagt – angehende Ärztin, selbstständig und bildhübsch. Nachdem mein Mann gestorben war, hatte Konstantin gerade die Stelle in Feodosija bekommen, und ich bin zu euch gezogen. Eure beiden Kinder, Irina und Kirill, waren schon da. Ich habe mich bei euch immer zu Hause gefühlt und war sicher, dass für Konstantin seine Jugendliebe zu Lisa Vergangenheit war; von ihr wurde nie wieder gesprochen.

Als ich einige Jahre später eine Freundin von mir in Pjatigorsk wieder traf, erzählte sie mir, dass Konstantin Lisa all die Jahre noch regelmäßig besucht und auch bei ihr und ihrer Mutter gewohnt hat. Das wusste die ganze Stadt. Ich konnte es kaum glauben und habe Konstantin zur Rede gestellt. Da hat er mir gestanden, dass Lisa nach wie vor die Liebe seines Lebens ist und dies auch so bleiben wird. Er hat von mir verlangt, mich nicht mehr in sein Leben einzumischen. Er habe unsere Wunsch-Schwiegertochter geheiratet und mit ihr zwei gesunde Enkelkinder gezeugt. Das müsse mir genügen. Ich solle ihn endlich in Ruhe lassen. So grob hatte er nie zuvor mit mir gesprochen; weder als Junge noch später war er je frech gewesen. Ich wollte das anfänglich nicht auf sich beruhen lassen. Ein verheirateter Mann gehört zu seiner Familie und hat sich von anderen Frauen fernzuhalten – auch wenn es sich um die Liebe aus seiner Schulzeit handelt. Also bin ich selbst nach Pjatigorsk gefahren, habe Lisa erbarmungslos ausgefragt und von ihr verlangt, diese Affäre auf der Stelle zu beenden und Konstantin nicht mehr zu treffen. Sie solle sich einen anderen suchen, der nicht schon eine Familie und Kinder hat. Lisa hat mich höflich angehört, aber erklärt, sie werde an ihm festhalten, sie habe all die Jahre nur Konstantin geliebt. Er sei der Einzige und das Wichtigste in ihrem Leben.

Ich habe noch mit Lisas Mutter gesprochen und sie bedrängt, auf Lisa einzuwirken. Ich bin sogar soweit gegangen, Lisa eine ›Schlampe‹ zu nennen, obwohl sie doch immer ein liebes Mädchen war. Doch ich habe für unsere Familie vergeblich gekämpft. Mein Wunsch war, dass Sie und Konstantin glücklich sind. Was hätte ich noch tun können? Verzeihen Sie mir … «

Noch in der gleichen Nacht ist Anastasija Fjodorowna gestorben.

Aber seit dieser Nacht hat meine Mutter aufgehört Vater zu fragen, warum er seinen Urlaub immer ohne uns verbringen will.

Was für ein Glück!

Zwar verwöhnen mich beide Großmütter, was das Zeug hält. Aber meine Oma mütterlicherseits, Baba Mascha, übertrifft meine Oma väterlicherseits um Längen. Sie näht mir zu jedem Anlass schicke Kleider und Kostüme. Für den harten Moskauer Winter bekommen wir von ihr tonnenweise getrocknete Äpfel, Birnen und Aprikosen, eingemachte Gurken und Tomaten, scharfe Saucen sowie unzählige Gläser mit Marmeladen: unter anderem die aus Himbeeren gegen meine ewigen Erkältungen und die aus Sauerkirschen mit Walnüssen. Das ist meine Lieblingssorte.

Auf ihrer Datscha in Alma-Ata verbringe ich jeden Sommer mehrere Wochen. Mein Bruder Kirill fliegt nicht so gerne hin, er findet es dort ziemlich langweilig. Aber mir gefällt das Leben auf der Datscha. Beeren und Obst pflücken, neue Bücher lesen – meine Großeltern haben eine fabelhafte Bibliothek und kaufen für meinen Besuch immer zwei oder drei neue Bücher. Die schönste Zeit ist der Abend. Nachbarn und Freunde kommen zu uns, mein Großvater, Deda Pascha, spielt Akkordeon oder Balalaika, und wir singen traurige russische Lieder dazu. Der Samowar wird mit Tannenzapfen heiß gemacht, der indische Tee mit verschiedenen Marmeladen gesüßt.

Meine Mutter fliegt auch gerne zu ihren Eltern, leider ist ihr Urlaub stets kürzer, als es meine Ferien sind.

Irgendwann nach dem Tod meines Großvaters wird Baba Mascha sehr krank und wünscht sich, dass meine Mutter noch einmal zu ihr kommt.

Baba Mascha erzählt meiner Mutter folgende Geschichte:
»Als dein Vater und ich heirateten, waren wir sehr arm und hatten nicht genug zu essen. Dann bin ich schwanger geworden, und wir bekamen deinen Bruder, Juri. Wir wollten keine weiteren Kinder

haben, da unser Leben sehr beschwerlich war. Wir lebten zu dritt in einem Zimmer eines Arbeiterwohnheims.

Zwei Jahre später bin ich aber doch wieder schwanger geworden, es gab noch keine Verhütungspillen. Mit sämtlichen Mitteln versuchte ich, die Schwangerschaft abzubrechen: Ich hob schwere Lasten, lief fast nackt durch die Kälte, bekam eine Lungenentzündung und musste lange Zeit Antibiotika nehmen. Ich badete wiederholt in kochend heißen Wannen, hungerte und trank so wenig, dass ich kaum noch stehen konnte. Als ich im sechsten Monat war, nahm ich schließlich Rattengift, wodurch ich mich fast selbst umgebracht hätte. Danach war ich lange Zeit taub. Als alle Maßnahmen nicht halfen, fing ich an, jeden Tag Wodka in großen Mengen zu trinken. Ich dachte, dass das Kind entweder tot oder mit solchen Behinderungen zur Welt kommen würde, dass ich es an eine staatliche Einrichtung geben könnte. Dies war allerdings nur in besonders schweren Fällen möglich.

Der Tag kam, an dem du geboren wurdest: schwach, geschwollen, untergewichtig, mit Rachitis, Herzfehlern, eitrigen Augen und vielen anderen Krankheiten. Die Ärzte teilten mir sofort mit, dass du nicht lange leben würdest. Da, als ich dich in meinen Armen hielt, wurde mir plötzlich klar, was ich Unsägliches getan hatte. Seit diesem Moment habe ich mit meiner ganzen Kraft für dein Überleben gekämpft. Auch wenn du behindert gewesen wärst, hätte ich dich niemals mehr hergegeben.

In den ersten Jahren warst du dann mehrfach in Lebensgefahr: Lungenentzündungen, Nierenschäden, Lähmungen. Du hast mehr Zeit in Krankenhäusern als zu Hause verbracht. Allein für dich haben wir dann die Datscha gekauft, wo wir das beste Obst und Gemüse anbauen konnten. Dass wir uns für viele Jahre verschulden mussten, war egal. An Geld dachten wir nun nicht mehr, nur noch daran, dass du überlebst. Zum Glück aber wurdest du immer gesünder und stärker. Dein Vater und ich waren stolz, in dir eine erfolgreiche Schülerin zu haben, und brachten dich dazu, Medizin statt Malerei zu studieren, damit du mit deinen Krankheiten besser klarkommst.

Seit deiner Geburt quälen mich jeden Tag Schuldgefühle. Ich hatte bisher nicht den Mut, dir diese schreckliche Wahrheit zu erzählen. Jetzt, da ich dieser Tage sterbe, will ich das endlich loswerden. Bitte vergib mir, wenn du kannst.«

Danach hat Baba Mascha kein Wort mehr gesagt und ist kurz darauf gestorben.

Von meiner Mutter weiß ich, dass mein Vater nach der Geburt meines Bruders Kirill auch keine Kinder mehr wollte.

Was für ein Glück, dass meine Mutter, die Ärztin, ihr zweites Kind von Anfang an behalten wollte!

Hirschjagd

Morgen werde ich achtzehn!
Und ab morgen darf ich Leonid Iljitsch Breschnew bei den nächsten Wahlen zum Präsidenten der Sowjetunion wählen!
Was aber viel wichtiger ist: Ich darf heiraten.
Mit Leonid Iljitsch ist alles sehr einfach: Er ist da. Meine Eltern durften ihn mittlerweile einige Male hintereinander wählen, jetzt komme ich auch dazu. Leonid Iljitsch ist der einzige Kandidat. Wieso das ganze Spektakel »Wahlen« genannt wird, ist mir trotz Bestnote in »Geschichte der Kommunistischen Partei der Sowjetunion« nicht verständlich.
Mit dem Heiraten ist es viel komplizierter. Es gibt nämlich keinen Kandidaten, der sich für mich interessiert. Das kann ich zwar nachvollziehen, da ich schülerhaft und unauffällig bin, nicht aber akzeptieren.
Ich habe keine Erfahrungen mit Männern, außer in meiner Fantasie. Über anatomische, fortpflanzungsrelevante Unterschiede hat mich die Schule aufgeklärt. Wie man aber einen Mann zur Fortpflanzung findet, darüber wurde kein Wort verloren. Damit ich mehr Erfahrung mit Jungs bekomme, sind bereits männliche Mitschüler von mir zu meinen Geburtstagen eingeladen worden; gekommen sind sie jedoch nie. Mit meinem Bruder, der zwei Jahre älter ist, gibt es mehr Streit als Frieden. Auch mit dem Vater bin ich auf Kriegsfuß.
Wie man sich bei männlichen Lehrern beliebt macht, ist so einfach wie bei weiblichen: Hausaufgaben fehlerfrei anfertigen, saubere Handschrift, bei der Frage »Wer will an die Tafel?« den Arm sofort nach oben strecken, pünktlich zum Unterricht erscheinen etc. Das funktioniert sogar jetzt noch, im dritten Semester an der Uni. Die Note drückt die Zuneigung des Lehrers aus. Die Noten stimmen bei mir jedenfalls.

Wie das Sich-beliebt-Machen bei Männern im Allgemeinen funktionieren soll, habe ich immer noch nicht rausgekriegt. Meine Mutter tröstet mich, dazu sei es noch zu früh, und das komme irgendwann von selbst, wenn man erwachsen sei.

Und darum bin ich auf morgen sehr gespannt und kann kaum einschlafen.

Der einzige Kontakt, auf den sich die Männerwelt bisher mit mir einlässt, ist die Nachhilfe. In der Schule für Mathe und Physik, die sich die faulsten Jungs der Klasse erklären ließen, und heute an der Uni ist es wieder Physik und Mathe. Aber nach der Nachhilfestunde – wie blöd – wollen die Jungs dann nichts mehr von mir wissen!

Vor einem Jahr hat mir Pawel – ein Schreiner aus dem Forstbetrieb, bei dem ich zum Einsammeln von Müll im Wald angestellt war – einen selbst gemachten Holzkamm geschenkt. Der Kamm ist aus rötlicher Wildbuche mit unregelmäßiger, wolkiger Maserung, schön glatt poliert und mit fein geschnitzten Lilien auf dem Griff.

Pawel hat mir sein Kunstwerk mit den Worten überreicht: »Wenn ich nur einmal deine Haare kämmen dürfte, wäre ich der glücklichste Mensch auf Erden!« Ob das sein Ernst war?

Der Spruch hat mir gefallen, den Kamm habe ich seitdem jeden Tag benutzt, aber da ich ins Forsthaus immer nur kurz zum Lohnabholen komme, ist mir Pawel nicht mehr begegnet.

Zu meinem achtzehnten Geburtstag kommen wieder nur Mädels: die altbekannten Freundinnen aus der Schule und die neuen aus der Uni. Jungs werden überhaupt nicht mehr eingeladen, damit ich mich mit dem Wegstellen nicht benötigter Teller nicht blamieren muss.

Die Zeit vergeht. Aber auch drei Wochen nach meinem Geburtstag ändert sich nichts: Die Jungs beachten mich noch immer genauso wenig wie zuvor. Ich bin aufs Äußerste enttäuscht. Doch da spricht mich Pawel, der Schreiner, in der Försterei wieder an und lädt mich ins Restaurant ein, um meinen Geburtstag zu feiern. Das wundert mich zwar, aber ich stimme dem von ihm vorgeschlagenen Termin am kommenden Samstag zu.

Zu Hause erzähle ich als erstes meiner Mutter von diesem Fortschritt. Beim gemeinsamen Abendessen wird auch darüber gesprochen. Mein Vater greift sofort barsch ein: »Kommt nicht in Frage! Anständige Frauen gehen nicht mit unbekannten Männern ins Restaurant, schon gar nicht mit einfachen Handwerkern. Punkt!«

Das ist eine Bevormundung, die ich nicht mehr akzeptieren will. Mein Vater, der erfolgreiche Staatsanwalt beim Militär, im Rang eines Oberst, eine Stufe unter einem General, und meine Mutter, die tüchtige Ärztin in einem Krankenhaus, halten den einzigen Mann, der sich bisher für mich interessiert, für ungeeignet, weil er kein Akademiker und vermutlich arm ist.

Daher antworte ich frech: »Seit drei Wochen bin ich doch erwachsen, also ist es meine Sache, ob und mit wem ich ausgehe! Wenn ihr euch bei so was einmischt, ziehe ich eben ins Studentenheim.«

Der Bruder spottet: »Den seltenen Vogel, der mit dir freiwillig ausgehen will, den möchte ich schon gerne sehen!«

Das ist gemein, denn er kennt natürlich mein »Problem« mit Männern. Dem Heulen nahe rettet meine Mutter die Lage und bestärkt mich, die Einladung anzunehmen.

Als ich später mit meiner Mutter alleine in der Küche bin, bitte ich sie um Tipps, worüber wir uns bei meinem Rendezvous unterhalten könnten. Über meine Unsicherheit ist sie nach dem vehementen Pochen auf mein Recht auf dieses Treffen nun doch einigermaßen überrascht.

»Na ja«, meint sie, »du kannst ihn fragen, warum er Schreiner geworden ist, was seine Eltern machen und ob er und seine Familie schon lange in Moskau leben. Aber pass auf! Wenn Pawel dir nach dem Essen im Restaurant seine Wohnung zeigen will, darfst du auf keinen Fall mitgehen!«

Der Samstag kommt. Ich ziehe mein elegantes dunkelblaues Kleid an, dazu hochgeschnittene Pumps mit Pfennigabsatz von meiner Mutter, türme die Haare zu einer Hochfrisur im Retro-Look mit toupiertem Hinterkopf auf und trage Kontaktlinsen statt der altmodischen, schiefsitzenden Brille, die ich im Wald beim Müllsammeln benutze. Auch Schminke und Maniküre fehlen nicht. Vater meint, dass man sich für einen einfachen Schreiner nicht so aufdonnern müsse.

»Irina macht das nicht für den Schreiner«, hält Mutter dagegen, »sondern für sich selbst.«

Um 18 Uhr will Pawel mich vor dem Haus abholen. Bereits fünf vor sechs fahre ich mit dem Aufzug nach unten – natürlich mit den Eltern, denn die wollen sich Pawel auf jeden Fall anschauen.

Vor dem Haus steht ein Mann mit dem Rücken zur Eingangstür. Ein dezenter dunkelgrauer Anzug, leicht kariert mit schwarzen verschwommenen Linien. Als er sich umdreht, fällt seine klassische Regimentskrawatte auf, deren Karminrot sich von der Farbe des hellgrauen Hemds abhebt, danach seine stahlgrauen Augen und zuletzt der Schnurrbart. Den Schnurrbart kenne ich; der Mann ist Pawel. Er guckt uns drei an: rechts mein Vater im ausgefransten Trainingsanzug mit einer Möhre in der Hand, links die Mutter im langen blumigen Rock in Aquarell-Optik, in der Mitte ich. Pawel scheint mich nicht zu erkennen. Das ändert sich aber, als wir näher kommen. Er gibt meiner Mutter die Hand und stellt sich vor: »Pawel Sergejewitsch Supow, Major der Reserve.«

Meine Mutter antwortet mit: »Nina Nikolaijewna, Leutnant der Reserve«, mein Vater mit: »Konstantin Dmitrijewitsch, Oberst im Dienst«. Ein Oberst steht im Rang über dem Major – also deutlich höher als Pawel.

Pawel geht zu einem Auto, einem neuen Lada Shiguli, holt daraus einen Blumenstrauß, den er mit einem Handkuss an meine Mutter übergibt. Danach dreht er sich ohne zu zögern zu meinem Vater um und knallt die Hacken aneinander. Seine Hand fliegt zum militärischen Gruß nach oben. Mit schneidiger Stimme fragt er Vater: »Towarischtsch Oberst, erlauben Sie mir, den Geburtstag Ihrer Tochter mit ihr im Restaurant ›Troika‹ zu feiern!«

Mein Vater führt nun ebenfalls die Hacken in seinen abgetretenen Hauslatschen zusammen, schwingt seine rechte Hand mit der angebissenen Möhre nach oben zum Gegengruß und antwortet ebenso schneidig: »Erlaubt. Bis 22 Uhr. Wegtreten!«

Schnell winke ich meinem Bruder zu, der auf unserem klitzekleinen Balkon im siebten Stock durch ein Fernrohr zu uns herunterblickt, dann fahren wir los. Aus dem Augenwinkel sehe ich noch, wie mein Vater sich vorsichtshalber das Autokennzeichen aufschreibt.

Im Auto erkläre ich Pawel, dass es gar nicht nötig war, meinen Vater um Erlaubnis zu bitten: »Ich bin erwachsen und kein Zögling mehr. Ich treffe Entscheidungen selbst.«

Pawel antwortet gelassen: »Man muss seine Eltern respektieren, auch wenn sie arm und geisteskrank sind.«

»Arm und geisteskrank?«

»Du brauchst dich nicht für deine Eltern zu schämen und auch nicht, dass ihr arm seid. Mir macht das nichts aus.«

»Dir macht was nichts aus?« Mir fallen die Bedenken meiner Eltern gegen den »armen Schreiner« ein. Da erklärt Pawel: »Vom Förster und von den Mitarbeitern der Försterei habe ich einiges über dich erfahren. Das war zwar nicht einfach, da du und deine Eltern in den letzten Jahren selten mal mit jemandem aus der Försterei gesprochen haben, aber der Förster erinnerte sich, dass du mit gerade mal fünfzehn Jahren nach einer Stelle zum Müllsammeln gefragt hast. Wenn ein fünfzehnjähriges Kind zum Müllsammeln in den Wald geschickt wird, muss es wohl in ärmlichen Verhältnissen leben. Dann hat ein Kollege auch deine Mutter beim Müllsammeln gesehen. Die hat ihm erzählt, dass es im Krankenhaus, in dem sie arbeitet, auch häufig unbeschreiblich dreckig sei. Daher weiß man, dass deine Mutter als Putzfrau im Krankenhaus arbeitet.«

»Als Putzfrau im Krankenhaus?«

Pawel hat selbst gesehen, wie Vater und Mutter eine Ziege gemolken haben und wie sorgfältig sie mit der Milch umgegangen sind. Daraus hat er geschlossen, dass wir wahrscheinlich aus einem inzwischen abgerissenen Dorf oder einer Kolchose stammen und wohl nicht genug Geld fürs Essen haben.

Vom Förster weiß er auch, dass ich noch einen Bruder habe, den allerdings noch niemand zu Gesicht bekommen hat. Man denkt daher, dass er geistig oder körperlich behindert ist, denn er kann ja nicht mal in den Wald mitkommen.

»Das war ja wohl dein Bruder«, meint Pawel, »der uns aus dem siebten Stock mit dem Fernglas gemustert und bei der Abfahrt gewunken hat. Dem werde ich einen guten Rollstuhl besorgen, damit er die Welt nicht nur mit dem Fernglas sehen muss!«

Seine Worte lassen mich staunen und erstmal stumm meine Gedanken ordnen. Doch bevor ich überhaupt etwas sagen kann, geht es weiter: »Mitarbeiter haben dich schon öfter beobachtet, wie du, wenn du denkst, dass du allein bist, mit unterschiedlichen Stimmen mit dir selbst wirres Zeug redest.« Das war dann wohl, als ich im Wald Englische Vokabeln und Texte geübt habe. Pawel hat meinem ewig hungrigen Spaniel Dana schon so manches Mal eine dicke Scheibe Wurst gegeben und hätte wohl auch mir gerne Geld zugesteckt, um unsere Armut zu lindern. Aber das habe bisher nie geklappt, da ich zu scheu sei. Nun greift er einen Briefumschlag, den er mir mit den Worten überreicht: »Das ist kein Geburtstagsgeschenk für dich, sondern Unterstützung für deine Familie.«

Im Briefumschlag: 100 Rubel! Ich bin sprachlos. Pawel gibt dem Kellner ein Zeichen. Der kommt mit einem Strauß weißer Lilien. Pawel nimmt den fürstlichen Strauß, kniet theatralisch vor mir nieder, küsst meine Hand und übergibt mir diese süß duftende Pracht.

Die Leute an den Nachbartischen hören auf zu kauen und verfolgen gespannt das Geschehen.

Er offenbart mir leidenschaftlich seine Liebe: »Seit ich dich gesehen habe, träume ich nur noch von dir. Dein Leben soll sich ab heute ändern, du sollst keinen Müll mehr im Wald sammeln, sondern meine Frau werden. Wenn du zustimmst, könnten wir morgen heiraten.« Ich schweige.

»Hast du mich verstanden oder kannst du nicht gut hören? Soll ich dir alles aufschreiben?« Ich lache lauthals. Er guckt verdutzt.

»Warum hältst du meine Eltern für arm oder zurückgeblieben? Sie haben doch kein wirres Zeug geredet? Oder?«

»Das nicht, aber wenn sich deine Mutter mit ›Leutnant der Reserve‹ und dein Vater als ›Oberst‹ vorstellt, scheinen sie mir schon etwas gestört zu sein.«

»Aber du hast dich doch selbst als ›Major der Reserve‹ vorgestellt, obwohl du Schreiner bist!«

»Aber das bin ich ja auch. Ich war Offizier im Afghanistan-Krieg und konnte nach meiner dritten Verwundung nicht mehr an die Front zurück. Wenn die Vereinigten Staaten von Amerika die Islamisten, die den blutigen Dschihad ausüben, nicht all die Jahre mit Finanz- und Waffenhilfen unterstützt hätten, wäre dieser brutale, endlose Krieg längst vorbei. In Afghanistan habe ich für Mädchen wie dich gekämpft, weil auch Mädchen in die Schule gehen und später arbeiten können sollen. Zu Hause langweilige ich mich und nur deshalb arbeite ich in der Försterei als Schreiner. Dennoch bin und bleibe ich Major der Reserve. Geld habe ich genug.«

Nun bin ich dran, ihn über meine Familie aufzuklären: »Meine Mutter ist tatsächlich Leutnant der Reserve, weil sie als einzige Frau in einem Militärkrankenhaus für Generäle als Ärztin eine Abteilung leitet und dies einen militärischen Rang voraussetzt. Weil man sie unbedingt haben wollte, hat man sie kurzerhand zum Leutnant der Reserve befördert.

Mein Vater ist Oberst, Militär-Staatsanwalt. Mein Bruder ist weder geistig noch sonst irgendwie behindert, sondern studiert Aviatechnik. Ich selbst studiere Optik und Elektronik im dritten Semester. Und ›wirres Zeug‹ rede ich im Wald nur, weil meine Englischlehrerin uns geraten hat, die Vokabeln beim Lernen laut auszusprechen. Daher spreche ich diverse Kassetten und Dialoge laut nach. Falls du möchtest, können wir uns weiter auf Englisch unterhalten!«

Nun weiß Pawel nicht, was er sagen soll.

Ich erinnere mich an den Tipp meiner Mutter und frage Pawel, was seine Eltern machen. Seine Mutter ist Hausfrau und sein Vater General. Noch im Dienst.

Pawel erzählt von seinem Vater: »Wir sind richtig gut befreundet. Schon sehr früh habe ich durch ihn die Liebe zur Jagd, zu den Waffen und zum Militär gelernt. In meiner Wohnung habe ich eine Waffensammlung aus Tsarenzeiten. Hast du vielleicht Lust, diese aus der Nähe kennen zu lernen?«

Ein Blick auf die Uhr zeigt mir, dass wir nicht mehr viel Zeit haben: Die Ausgeh-Erlaubnis meines Vaters endet ja um 22 Uhr, aber die Warnung meiner Mutter schlage ich in den Wind.

Wir sind in seiner Wohnung, die mehr Platz als unsere bietet. An allen Wänden Teppiche, vor den Teppichen Säbel, Messer, Gewehre, ein bisschen wie in einem Museum. In einer beleuchteten Glasvitrine häufen sich Militärauszeichnungen nebst Kriegsfotos in Schwarz-Weiß aus Afghanistan.

»Meine Frau hat mich vor drei Jahren verlassen,« erzählt Pawel beiläufig, »ihr war jede Art von Waffen, Jagdhunde und Jagdbeute ein Gräuel. Sie war Opernsängerin.« Und nach kurzer Pause: »Ich könnte deinem Spaniel Dana das Jagen beibringen.«

»Dana war bereits in der Jagdschule, du kannst sie gerne ausleihen! Aber sie kann nur Wachteln und Enten jagen, sonst nichts.«

»Hättest du selbst Interesse, mit auf die Jagd zu gehen? Ich werde bald mit meinen Offiziers-Freunden Hirsche jagen.« Ich bin begeistert und sage zu.

Wieder zu Hause wartet meine Familie, gespannt auf meinen Bericht. Als erstes erzähle ich von seinem Heiratsantrag.

»Und warum bist du dann noch hier?«, spöttelt mein Bruder, »Du hast doch hoffentlich zugesagt? So einen Narren wie den wirst du wohl nicht noch mal finden!«

Als mein Vater hört, dass Pawel der Sohn von General Supow ist, schaut er mich mit ganz anderen Augen an. Seine Meinung zu meinem Rendezvous scheint er geändert zu haben.

General Supow kennt er persönlich und schätzt ihn. Jetzt werde ich ernst genommen und fühle mich erwachsen.

»Den Heiratsantrag habe ich noch nicht angenommen,« beruhige ich meine Eltern, »aber dafür gehe ich bald auf die Hirschjagd!«

Verspätung

Mist! Das schaffe ich auf keinen Fall! In zwanzig Minuten fängt der Termin beim Generalstab an. Jetzt sind es noch drei Stationen mit der Metro und dann auch noch zwei Kilometer zu Fuß. Aber es gibt keine Entschuldigung dafür, dass ich zu spät sein werde. Unorganisiert, vertrödelt, schusselig! Das ist alles. Die Liste der Selbstkritik könnte noch länger werden, nur das hilft mir nicht wirklich, es zum Termin zu schaffen. Und das mitten in Moskau bei einer gut funktionierenden Metro und ohne jede Naturkatastrophe! Dabei bin ich vor einem halben Jahr achtzehn geworden. Und der Eintritt ins Erwachsensein sollte ja normalerweise auch mit mehr Verantwortung verbunden sein, wobei Pünktlichkeit und Zuverlässigkeit eigentlich seit Kindergartenzeiten meine Stärken gewesen sind.

Schluss mit den ewigen Selbstbeschuldigungen! Nur nicht aufgeben, kämpfen! Warum habe ich bloß diese unbequemen Schuhe mit hohen Absätzen angezogen, mit denen man kaum gehen, geschweige denn laufen kann? Noch im Zug ziehe ich Schuhe und Strumpfhose aus und packe sie in meine große Tasche. Eine ältere Dame guckt mir dabei vorwurfsvoll zu.

Ich renne die lange Rolltreppe nach oben, danach durch die Glastür und raus auf die schattige aber endlos scheinende Allee. Um Viertel nach Drei bin ich bei der Passstelle: »Mein Name ist Irina Tschernikowa, ich habe einen Termin bei General Kowalew.«

Und während die Wache noch nach meinem Namen in den Besucherlisten sucht, ziehe ich meine Strümpfe und Schuhe wieder an. Man lässt mich durch.

Genau siebzehn Minuten nach Terminvorgabe klopfe ich an die Tür zum Vorzimmer von General Kowalew. Kurz und knapp wird mir mitgeteilt, dass mein Termin vor siebzehn Minuten war und

General Kowalew für mich jetzt nicht mehr zu sprechen sei. Unter Tränen bettele ich um einen neuen Termin. Das wird abgelehnt. Ich versuche dem Adjutanten zu erklären, wie wichtig dieses Gespräch mit General Kowalew sei. Der Adjutant spart sich weitere Worte und führt mich zur Tür.

Was werde ich meinem Vater sagen, der dieses Treffen mit viel Mühe arrangiert hat? Ich habe nicht mal verschlafen! Alles lief irgendwie schief. Und das bei einem Termin mit einem General, bei dem es um Leben und Tod geht! Als ich an Ed und Engländer denke, kann ich nicht weiter gehen und muss mich erstmal hinsetzen. Das Treffen mit dem General sollte über ihr Schicksal entscheiden.

»Ed« und »Engländer« sind Pferde, die in unserem Reitstall für Modernen Fünfkampf von der Tierärztin endgültig ausgemustert worden sind, da sie nach dem Springen geschwollene Beine bekommen und schon mehrere Wochen lahmen. Der Direktor, gleichzeitig der Haupttrainer, hat vor zwei Monaten die Entscheidung getroffen: »Entweder wir finden jemanden, der sie übernimmt – oder sie kommen zum Schlachter.«

Ed ist das kleinste und das hässlichste Pferd in unserem Elitestall, wo sonst herrliche Englische Vollblüter, Trakehner und Hannoveraner stehen. Er kam unter merkwürdigen Umständen zu uns:

Als Slawa – so heißt unser Stalldirektor – vor vielen Jahren aus einem Gestüt in Estland, wo er vier junge Springpferde kaufen wollte, mit dem Pferdetransporter des Zuchtbetriebs zu unserer Stallung in Moskau zurückkommt, muss er erstmal dringend pinkeln. Danach findet er vier Pferde vor dem Stall angebunden, und der Fahrer mit dem Transporter ist schon weg. Pferdeführerinnen und Trainer unseres Stalls haben sich vor den Neuerworbenen versammelt.

Slawa zeigt auf ein fipsiges bräunliches Pferdchen mit einem unproportional großen Kopf, hängenden Ohren und struppigem Fell: »Was macht denn dieser Esel hier?«

Und auf die Antwort: »Der wurde auch vom Transporter abgeladen«, erwidert er nur: »Das kann nicht sein. Ich habe drei Pferde gekauft, nicht vier, und schon gar nicht den hier!«

Er prüft seine Unterlagen. Für Damaskus, Port-Iman und Lokator, drei muskelbepackte vierjährige Hengste, findet er alle Papiere: Abstammungsurkunden und Kaufbelege.

»Diesen ›Esel‹ sehe ich zum ersten Mal«, sagt er und deutet dabei mit seinem rechten Bein auf den Vierbeiner, fast, als wolle er ihn treten. Der reagiert umgehend, tritt nun seinerseits nach Slawa aus und trifft ihn am Oberschenkel.

Oleg, sein Stellvertreter, kichert: »Alle Achtung! Das ist ja ein Kampfesel, den du da gekauft hast! Du solltest so ein edles Ross nicht beleidigen! Oder hattest du ihn etwa für unsere Grillparty vorgesehen?«

Und demonstrativ springt er ein Stück beiseite, als hätte er Sorge, nun selbst wegen Verspottung von diesem fiesen Scheusal getreten zu werden.

Ein anderer Trainer, Michael, sagt mit ernster Stimme: »Du, Slawa, du weißt, dass ich von Pferderassen wenig verstehe. Ist es die Salami- oder die Frikadellen-Zuchtlinie?«

Die Gesellschaft prustet los.

»Hier ist entweder ein Fehler beim Verladen unterlaufen … oder es ist ein Scherz der Verkäufer«, stellt Slawa jetzt fest. »Die Leiter der Zucht und ich haben zwar den Kauf am Abend mit reichlich Wodka gefeiert und einen Toast auf unsere zukünftigen Weltmeister ausgebracht, aber ganz sicher nicht auf diesen pelzigen ›Mongolen-Esel‹.«

Oleg imitiert jetzt die Stimme von Michael: »Du, Slawa, weißt du, vielleicht solltest du in deinen Unterlagen noch mal prüfen, ob du da nicht einen Kaufbeleg für einen braunen Pelzmantel findest! Womöglich bist du ja nur zu früh abgereist, obwohl der Mantel noch nicht fertig war! Lasst uns doch mal sehen, ob dieser mongolische Mantel einen Namen hat.«

Oleg geht zum ›Mongolen‹ und liest auf seinem roten Halfter ›Ed‹. Die drei anderen Pferde haben eben solche Halfter, jeweils mit ihren Namen eingraviert. Man sieht jetzt eindeutig, dass alle vier den gleichen ›Kaufweg‹ gegangen sind und dass das ›Geheimnis‹ des Erwerbs von Ed bei Slawa liegt.

Die Truppe schmunzelt, da jeder weiß, dass Slawa Alkoholiker ist. Dazu noch ein vergesslicher Alkoholiker, der sich nicht immer daran erinnert, was er am Tag zuvor gemacht hat. Aber er ist auch unser erfolgreichster Trainer. Und ein begnadeter Pferdekenner, der in der ganzen Sowjetunion die aussichtsreichsten Nachwuchspferde für wenig Geld findet. So wird ihm nachgesehen, wenn seine Frau, die im Stall als Pferdeführerin arbeitet, ihn manchmal für mehrere Wochen krank meldet. Jeder weiß, um welche chronische Krankheit es sich in Wirklichkeit handelt.

»Schaut euch seine breiten Hufe an! Hoffentlich hat der Hufschmied passende Bratpfannen dazu!«, gibt eine der Pferdeführerinnen jetzt ihren Senf dazu.

Eds halbgeöffnete Unterlippe fängt an zu zittern, als ob er wegen der Verspottungen weinen möchte.

Nun mischt sich Angela, unsere Tierärztin, ein: »Hört sofort auf, das arme Kind auszulachen! Das Pferdchen kann nichts dafür, dass es so aussieht! Ihr solltet besser im Schlachthof arbeiten, hier im Stall habt ihr nichts verloren!«

Sie legt ihren kräftigen Arm um den Hals des Pferdes, streichelt seine zottige pechschwarze Mähne und schiebt ihm eine dicke Möhre ins geöffnete Maul, als ob sie ein Schnuller wäre. Nach kurzem Zögern kaut Ed die Möhre.

»Braves Baby!«, lobt ihn Angela und klopft an seinem Hals.

Vorsorglich hat sie immer was Leckeres für die Pferde in ihren Taschen, da es diesen meist in unangenehmer Erinnerung bleibt, wenn sie auftaucht: Impfungen, Spritzen, bittere Pillen verabreichen, Verbände wechseln, Blut abnehmen etc.

»Mal sehen, ob das Baby gesund ist!«
Sie untersucht Hufe und Beine, danach Rücken und Bauch. Zuletzt guckt sie in sein Maul.
»Dem geschenkten Gaul schaut man nicht ins Maul«, kommentiert Oleg, »pass auf, dass er dich nicht beißt!«
»Wenn er beißt, dann nur so Volltrottel wie die, die hier rumstehen und labern, statt dem müden Vieh nach langer Fahrt Wasser und Futter zu geben!«, faucht Angela zurück.
Wenn auch Slawa der Direktor unseres Stalls ist, ist eigentlich sie der Boss. Angela ist einen ganzen Kopf größer als Slawa, was allerdings nicht besonders schwer ist, da Slawa ein abgebrochener Riese, gertenschlank und knabenhaft, sie aber doppelt so breit ist. Sie braucht nicht viel, um sich Respekt zu verschaffen und kontrolliert jeden Sack Hafer und jeden Heuballen der Lieferanten. Diese sind jedes Mal heilfroh, wenn alle Lieferungen ihren Überprüfungen standhalten und nichts wieder mit zurückgenommen werden muss.
Nach Angelas Donnerwetter werden blitzschnell vier Eimer mit Wasser und etwas Hafer für die Neuen herbei gebracht.
Slawa will, dass wir Damaskus, Port-Iman und Lokator ganz locker reiten. Den »Esel« will er sich selbst vornehmen, und da niemand diese »Eselshow« verpassen will, werden die anderen drei kurzerhand in ihre Boxen gestellt.
Der Chef reitet nun direkt auf den Platz mit den Hindernissen für das Sprungtraining.
Angela deutet auf den Reitplatz, und sofort laufen einige Stallmädchen zu den großen Rechen, ebnen den sandigen Untergrund und verstellen die Balken der Hindernisse auf die unterste Stufe.
Die Zuschauer setzen sich auf die Bänke, Angela jedoch stellt sich breitbeinig an die Manege und signalisiert, dass sie weiter auf »ihr Baby« aufpassen wird.
Und alle werden überrascht, denn Ed zeigt beim Springen eine Klasse, die sich als dem Können seines Reiters ebenbürtig erweist.

Ruhiger Anlauf, perfekter Absprung, gebogener Rücken über dem Hindernis und weiche Landung lassen das Fachpublikum applaudieren. Jetzt wird Ed mit ganz anderen Augen gesehen. Am Ende stehen die beiden – Reiter und Pferd – vor Angela.

»Du bist ja eine Wundertüte!«, tätschelt Angela ihren Schützling.

»Das Baby hat sein Mamilein wieder gefunden!«, tönt hämisch eine Stimme von den hinteren Rängen.

»Ja, ja, gewisse Ähnlichkeiten kann man nicht übersehen«, bestätigt eine andere.

»Nur der Beschäler ist zu mickrig geraten!«

Alle lachen.

Slawa verkündet seinen Zuschauern, dass er zu saufen aufhört, falls dieses rasselose Naturtalent noch dreißig Zentimeter wächst und endlich die erste olympische Goldmedaille im Springreiten für die Sowjetunion gewinnt!

»Und falls dieses Naturtalent auch noch mindestens dreißig Zentimeter breiter wird ...«

Mit einem funkelnden Blick bringt Angela alle zum Schweigen, denn sie alle wissen, dass zwischen ihr und dem olympischen Gold – sie kommt wie Slawa aus dem Leistungssport – allein ihr Körpergewicht gestanden hat.

»Genug der Tierquälerei!«, spricht sie ein Machtwort. Und zu Slawa: »Runter mit deinem Hintern!«

Mehrere Stallmädchen drängeln sich nach vorne, um Ed abreiten zu dürfen.

Die Tierärztin aber ruft die Jüngste von ihnen: »Oksana, setzt dich drauf!«, und mit einem Kopfnicken lächelt sie ihr ermutigend zu.

Ed ist leider kein bisschen mehr gewachsen, sodass Slawa nie aufgehört hat zu saufen – mit entsprechenden Konsequenzen für die Sowjetunion, die nun auch weiterhin auf die Goldmedaille wartet. Aber die meisten Kinder, die Modernen Fünfkampf bei uns trainierten, haben auf Ed ihre ersten Sprünge gemacht. Genauso wie ich. Ed hat in allen Jahren keinen einzigen Sprung verweigert und wurde mit seinem friedlichen Charakter zum beliebtesten Pferd in unserem Stall.

Eine ungewöhnliche Herkunft hat auch »Engländer«, dessen richtiger Name allerdings *Stonking Class of Touch* lautet.

Slawa war als Zuschauer bei einem internationalen Springturnier in Moskau, bei dem er früher selbst als Reiter teilgenommen hat. Als ein Engländer mit einem außergewöhnlich mächtigen Pferd namens *Stonking Class of Touch* zu springen beginnt, ist Slawa sofort in den Rappen verliebt. Er hätte damals gewettet, dass dieses Paar das Turnier gewinnt, bis sein Favorit dann aber vor dem ein Meter siebzig hohen Hindernis einfach stehen bleibt. Der Reiter sitzt zwar immer noch im Sattel, doch auch der zweite und der dritte Versuch werden trotz Gerte und Sporen verweigert. Immer wieder bleibt der Rappe vor dem Hindernis stehen und springt zuletzt quer in die Balken, wodurch beide stürzen. Der Reiter springt sofort wieder auf und tritt wütend mit dem Stiefel in den Rücken des Pferdes. Das aber nur zuckt, röchelnd stöhnt und verletzt liegen bleibt, die Nüstern vor Schmerz aufgerissen.

Als Slawa den Manager der englischen Mannschaft, den er aus seinen früheren Zeiten als Sportler kennt, trifft, sagt er nur: »Der Rappe ist Weltklasse, schuld ist dieser Henker, der vom Reiten keine Ahnung hat.«

»Nein«, widerspricht der, »schuld bin wohl ich als Teammanager, denn *Stonking Class of Touch* ist zu schwach für solche Hindernisse geworden. Ich habe nach dem Sturz mit dem Eigentümer telefoniert, die Behandlung in England wird kostspielig. Auch wenn sie einigermaßen erfolgreich verlaufen sollte, wird der Rappe nicht mehr auf dem höchsten Niveau springen können. Also eine sinnlose Investition. Der Besitzer verlangt, dass ich ›diesen Kadaver‹ nicht mit nach Hause zurück nehme. Ich soll ihn hier ›recyceln‹.«

»Wie soll das gehen?«, fragt Slawa nach.

»Keine Ahnung, vielleicht im Zoo. Ich habe noch nie ein Pferd irgendwo ›recycelt‹, und außerdem kann ich überhaupt kein Russisch.«

»Wenn du möchtest, kann ich das für dich erledigen.«

So wechselte *Stonking Class of Touch* für einen Dollar den Besitzer. Mit allen Papieren. Und wir taten mit unserer Tierärztin alles, bis der »Engländer« – sein richtiger Name war für uns alle einfach zu lang – wieder ohne zu hinken laufen konnte.

Es dauerte mehrere Monate, aber dann konnte Angela, der dies zu verdanken gewesen ist, ihn als erste reiten. Aufgrund seiner Größe waren die nur einen Meter zwanzig hohen Hindernisse, die beim Modernen Fünfkampf aufgestellt wurden, für ihn gar kein Problem. Wie ein Pfeil flog er darüber hinweg und war in den nächsten Jahren unser Wettkampfpferd Nummer eins. Bei den Europa- und den Weltmeisterschaften erreichte er so sogar die Weltspitze.

Jetzt sind beide Pferde zu alt und müssen daher unseren Stall verlassen. Drei Mal sind wir in den letzten zwei Monaten zusammen gekommen, um nach einer Lösung für Ed und Engländer zu suchen, damit sie nur ja nicht zum Metzger müssen. Leider sind alle Bemühungen bisher erfolglos geblieben: Kolchosen brauchen keine Zugpferde mehr, Reitschulen haben selbst genug Mähren, mit denen sie nicht wissen, wohin, der Zirkus würde sie nur als Tigerfutter verwenden und die Datschas, die einige von uns haben, sind zu klein, um ein Pferd zu halten.

Als ich mit meinen Vorschlägen an der Reihe bin, sehe ich hoffnungsvolle Augen auf mich gerichtet. Ich hatte versprochen, über die Beziehungen meiner Eltern beim Militär anzufragen, ob es nicht dort noch eine Verwendungsmöglichkeit für unsere Schützlinge gäbe, um ihr Weiterleben zu sichern. Ich kann kaum sprechen vor Scham, presse nur hervor: »Ich war siebzehn Minuten zu spät, und da wollte der General dann nicht mehr mit mir sprechen.«

»Du? Zu spät? Du warst doch noch nie zum Reiten zu spät!«, meldet sich vorwurfsvoll Oksana, die Pferdeführerin, der ich zugeteilt bin. Jede darf nur ein einziges Stallmädchen als Helferin bei sich im Stall haben. Und es gibt Tausende von Mädchen wie mich in der Millionenstadt Moskau, die davon träumen.

Es ist mucksmäuschenstill, man hört das Summen einer Fliege, die immer wieder gegen die Fensterscheibe fliegt, bis Slawa sagt: »Immer das Gleiche: Da holt man sich kraftstrotzende, gesunde, willige Nachwuchspferde, von denen müssen die Besten dann springen und springen und springen, weil wir hier kein Ponyhof sind und weil jeder auf ihnen reiten will, und am Ende sind diese dann müdgehetzt und viel schneller kaputtgeritten als die schlechten und müssen so als erste … «

Weinend läuft er aus dem Sitzungsraum. Angela geht mit schweren Schritten hinterher.

Sein Stellvertreter ergreift nun das Wort: »Es ist schon traurig, dass wir unsere Lieblinge nicht retten können. Wer will auch lahme, klapprige Klepper haben? Beide hatten dank Slawa noch einige gute Jahre bei uns und wir haben ja auch alles versucht, um sie vor dem Metzger zu retten. Bis auf Irina. Ich glaube, es ist nur gerecht, wenn sie es nun ist, die die beiden in den Transportanhänger des Metzgers führt.«

Ich bin bestürzt. Mir bleibt das Herz stehen bei der Vorstellung, welchen ›Dienst‹ ich Ed und Engländer erweisen soll. Nach der Versammlung frage ich Oksana deshalb, warum nicht einfach der Metzger selbst sie aus der Box holen kann. »Pferde spüren, was geschieht, und sie werden sich von einem Fremden nicht in einen Anhänger verladen lassen. Sie brauchen jemanden, dem sie vertrauen«, erklärt sie.

»Das ist aber gemein, dass ihr Vertrauen ausgenutzt wird.«

»Gemein ist es«, unterbricht Oksana mein Jammern, »unter diesen Umständen zu so einem Termin zu spät zu kommen! Das ist sogar sehr gemein!«

Mit Möhren, Äpfeln und Tränen verabschiede ich mich drei Tage später von Ed und Engländer, die sich von mir willig in den Anhänger führen lassen. Ich streichele die kraushaarige Mähne von Ed, die grau geworden ist, und flüstere ihm ins Ohr, dass ich nie wieder zu einem Termin zu spät kommen werde. Nie wieder!

Unter amerikanischer Flagge

Schwer beladen mit meinen täglichen Utensilien, Unterlagen für die Uni und einen Englischkurs, drängele ich mich in der Metro durch die Menschenmassen in aufgeknöpften Pelzmänteln, um von der »Arbatskaja« zur Station »Biblioteka Imeni Lenina« zu kommen. Plötzlich wird mir der Weg von einem im Anzug gekleideten Herrn versperrt; einem, der mit seinem Outfit so gar nicht in diese stinkende unterirdische Moskauer Welt passt. Weder Mantel noch Schuhe sind der heutigen Wettervorhersage von minus zwanzig Grad angepasst. Er fragt mich nach dem Weg zum »Alexandrowski Sad«. Das Problem kenne ich, denn hier kommen vier Metro-Linien zusammen. Trotz oder gerade wegen der vielen Schilder ist es eine anspruchsvolle Aufgabe, den richtigen Übergang zum Umsteigen zu finden. Der Mann spricht mit einem starken amerikanischen Akzent. »Okay«, sage ich mir, »sei gastfreundlich und leiste die nötige Hilfe!«

Nach kurzer Überlegung, was schneller gehen würde: ihm die komplizierte Route zu beschreiben oder ihn direkt zu seinem Zug zu begleiten, entscheide ich mich für die zweite Variante. Auf dem Weg zum Zug fällt mir auf, was diesen amerikanischen Herrn grundlegend von seinen russischen Artgenossen unterscheidet – auch denen, die keinen Anzug tragen: Jeder Russe hätte mir als erstes angeboten, meine tonnenschwere Tasche zu tragen, während dieser »Ami« leichtfüßig wie ein Jagdhund neben mir herläuft. Dabei hat er beide Hände frei, keine Tasche – nichts!

»Merkwürdig!«, denke ich. »So jemand hat in Moskau kaum eine Überlebenschance.« Eine Tasche ist hier so eine Art Wohnmobil, etwas, in dem sich alles befindet, was man braucht, wenn man früh morgens seine Wohnung verlässt und erst spät abends wieder heimkehrt. Ohne Tasche und ohne Pelzmantel – in Moskau und um diese Jahreszeit – einfach unvorstellbar!

Zum Glück erreichen wir endlich unser Ziel und ich lasse die Tasche mit einem Seufzer auf den Boden knallen. Ich muss mich etwas erholen, ehe ich den kilometerlangen Rückweg antrete. Das merkt der Amerikaner, stutzt, greift prüfend meine Tasche und schaut mich verdutzt an. Ich zucke mit den Schultern. Nichts Besonderes, eben nur ein »Wohnmobil«. Als aber dann sein Zug kommt, steigt er zu meiner Verwunderung nicht ein. Er teilt mir jetzt sein schlechtes Gewissen wegen der schweren Tasche mit, will mich zur Wiedergutmachung den ganzen Weg zurückbegleiten und die Tasche tragen. Während wir auf meinen Zug warten, fragt er mich, ob ich ihm vielleicht auch Moskau zeigen könne.

»Geht nicht! Mein Englischkurs fängt bald an!«

»Dann an einem anderen Tag?«

Detailliert schildere ich ihm meine Woche: »Uni von 8 bis 15 Uhr. Danach an drei Tagen Englischkurs. An den anderen Tagen Turmspringen bei ZSKA, Zentralnij Sportiwnij Klub der Armee, von 18 bis 20 Uhr. Und in den Zeiten dazwischen mache ich Hausaufgaben.«

»Dann vielleicht am Wochenende?«

»Ach, die Wochenenden: samstags früh in den Stall zu den Springpferden des Verbandes für Modernen Fünfkampf, dort übernachten, sonntags abends zurück.«

Mein Zug kommt, fährt aber ohne mich weiter, denn noch immer haben wir keinen passenden Termin gefunden. Ich bin neugierig auf diesen Fremden aus einer für uns unerreichbaren Welt. Jetzt fällt mir ein, dass ich ja freitags an der Uni früher Schluss machen könnte, bereits gegen 13 Uhr. Daher schlage ich ihm den kommenden Freitag für ein Treffen vor, mache aber zur Bedingung, dass wir nur Englisch sprechen und er meine Fehler korrigiert, wie im Unterricht. Er ist mit allem einverstanden.

Und so stehe ich dann drei Tage später etwa zwanzig Minuten zu früh vor dem Puschkin-Denkmal und habe gerade meine Tasche abgestellt, als ich »meinen« Ami sehe. Er kommt auf mich zu, nimmt diesmal ohne zu zögern meine Tasche und sagt, sein Auto stehe direkt um die Ecke. Hmm? Ausgemacht war, ihm Moskau zu zeigen! Von einem Auto war dabei keine Rede. Und dann, als ich ihm einen Aufsatz über Juri Gagarin, der 1961 als erster Mensch in den Weltraum flog, vortragen will, den ich vorbereitet habe, um englische Konversation zu üben, schlägt er auch noch vor, wir könnten zu einer Vernissage fahren, wo das mit Gagarin dann im Warmen erledigt werden könne. Jetzt klingeln bei mir alle Alarmglocken. Sofort fallen mir die Warnungen meines Vaters ein, was fremde Autos angeht, und ich erinnere mich an die üblen Erfahrungen meiner Freundin Ludmila mit drei Männern in einem Taxi.

Besorgnisse und Zweifel stehen mir wohl im Gesicht geschrieben. »Sorry, ich habe mich noch gar nicht vorgestellt: Philipp Crown, Kulturattaché der Vereinigten Staaten.« Er gibt mir seine Visitenkarte. Ha! Wenn er jetzt aber glaubt, dass mich das beruhigt, liegt er völlig daneben! Von Natur aus bin ich misstrauisch, und auch meine Eltern haben mich vor »Anmache« auf der Straße gewarnt.

Mr. Crown ahnt wohl meine Sorgen und gibt nach: »Lassen Sie mich Ihre Tasche in den Kofferraum stellen, dann gehen wir zu Fuß weiter, wie es Ihr Plan war.«

Die Vorstellung, meine Tasche in einem wildfremden Auto zurückzulassen, gefällt mir überhaupt nicht. Die Tasche enthält immerhin alle für mein Studium wichtigen Unterlagen. Vielleicht muss ich mich doch auf eine Autofahrt einlassen.

Zögernd frage ich deshalb, welche Vernissage er denn ausgesucht habe. Er nennt mir einen russischen Maler, von dem ich noch nie etwas gehört habe. Da der Amerikaner einen seriösen Eindruck macht und ich meine Tasche nicht im Stich lassen will, stimme ich schließlich zu, ins Auto zu steigen und die Vernissage zu besuchen. Wir gehen um die Ecke, und dann die Überraschung: Nur ein paar Schritte entfernt steht ein silberner Straßenkreuzer mit zwei kleinen amerikanischen Flaggen vorne, neben denen ein russischer Milizionär Aufstellung genommen hat. Sofort fühle ich mich besser; wenn mir was passieren sollte, wird dieser Soldat sich sicher daran erinnern, dass ich in dieses auffällige Auto gestiegen bin. In erhabenen Lettern steht hinten »Chevrolet«, und während ich noch überlege, ob ich so einen Schlitten vielleicht schon mal im Kino gesehen habe, verschwindet meine Tasche im riesigen Kofferraum, in dem nebenbei bemerkt auch problemlos ein paar Leichen Platz finden könnten.

Wir fahren zur Vernissage. Im Auto ist es mollig warm, besser als zu Fuß oder Metro. Nach einem zehnminütigen Rundgang durch die Ausstellung – die Bilder finde ich stinklangweilig – sitzen wir in einem Straßencafé, wo man meine Lieblings-Piroschki mit Füllung aus Kartoffeln, Steinpilzen und Dill bestellen kann. Auf der Stelle steigt meine Stimmung.

»Was wollen Sie eigentlich von mir?«, frage ich Mr. Crown. »Wieso gerade ich? War das Zufall in der Metro oder geplant?«

»Halb und halb«, antwortet er, »ich komme auf Empfängen mit sehr vielen Menschen zusammen, auch an meinen normalen Arbeitstagen, aber das sind nicht die, die ich noch privat treffen möchte, da sie nicht das wirkliche Russland repräsentieren. Ich möchte von diesem Land mehr erfahren. Dafür brauche ich keine Diplomaten und ausgesuchte Vertreter der gehobenen Gesellschaftsschichten, sondern normale Menschen von der Straße oder aus der Metro.«

»Wie sind Sie ausgerechnet auf mich gekommen?«

»Ach, wissen Sie, Sie hatten einen solch verbissenen Gesichtsausdruck, was mich gelockt hat auszuprobieren, ob Sie sich überhaupt ansprechen lassen und bereit wären, mir zu helfen.«

»So so, ich war also Versuchskaninchen!«

Er grinst. »Ich kenne inzwischen eine Menge russischer Männer und Frauen, jüngere und ältere. Und deren Geschichten über das Alltagsleben hier sind für mich tausendmal interessanter als das, was man aus dem Fernsehen, dem Radio und den Zeitungen erfährt.«

»Arbeiten Sie etwa für das FBI?«
»Jeder Diplomat, der in Moskau ist, arbeitet für irgendeinen Geheimdienst. Ist das für Sie ein Problem?«
Vorsichtig wende ich ein: »Wegen meines Studiums darf ich eigentlich nicht einmal mit Ausländern sprechen. Das kann mich meinen Studienplatz kosten.«
»Dann sollten Sie Ihre Zukunft nicht für eine Unterhaltung mit mir riskieren! Sie sollten sich auf der Stelle verabschieden. Aber warum lernen Sie Englisch, wenn Sie mit Ausländern keinen Kontakt haben dürfen, und wieso haben Sie unserem Treffen zugestimmt?«
Seine Frage trifft ins Schwarze. Was ich noch keinem anvertraut habe, offenbare ich leichten Herzens diesem Fremden: »Ich will hier raus, aus dem sozialistischen *Lager* in die kapitalistische *Welt*. Irgendwann. Irgendwie. Und dafür muss ich nun mal Sprachen lernen: Englisch, Deutsch, Französisch. Denn noch weiß ich ja nicht, in welchem Land ich irgendwann unterkommen werde.«
Mr. Crown bietet mir einen Deal an: »Falls Sie wegen unseres Treffens Ihr Studium abbrechen müssen, nehme ich Sie in meine Firma als Sekretärin mit nach Santa Fe, New Mexico. Ich bleibe noch ein Jahr in Moskau und gehe dann zurück. Da Sie Englisch und Russisch sprechen, könnten Sie gut meine gesamte russische Korrespondenz erledigen. Arbeit wird es genug geben.«
Von dieser Vorstellung bin ich so überwältigt, dass ich nur nicken kann. Eine unbezahlbare Win-win-Situation. Und jetzt ist es mir völlig egal, dass dieser Kontakt eventuell vom KGB beobachtet wird!
Von nun an treffen wir uns ein- bis zweimal im Monat. Manchmal opfere ich sogar einen Samstag oder einen Sonntag, damit wir mehr Zeit miteinander verbringen können. Wir besuchen Ausstellungen, Museen, Kathedralen, geschichtsträchtige Friedhöfe und machen Ausflüge in die Moskauer Umgebung. Philipp – wir sind mittlerweile per Du – zeigt mir das »oberirdische« Moskau, zeigt mir Stra-

ßen und Gebäude aus seinem Auto heraus, die ich als Metrofahrerin noch nie gesehen habe.

Sein Chevrolet darf überall parken, selbst auf dem Roten Platz. Niemand macht ihm Schwierigkeiten. In der Regel erscheint sogar unverzüglich ein Milizionär, um das Auto zu bewachen – Milizionäre, die plötzlich, wie Pilze aus der Erde zu wachsen scheinen, uns salutieren und treu ergeben neben dem Chevrolet stehen bleiben, bis wir zurückkommen. Philipp bedankt sich gewöhnlich mit einem grünen Schein, den er dem Milizionär unauffällig in die Hand drückt.

Eines Tages fragt er mich, ob ich Lust hätte, die amerikanische Botschaft zu besichtigen, von außen und auch von innen.

»Ja, gerne«.

Wir gehen durch die unzähligen Hallen und Räumlichkeiten, die alle sehr großzügig und hell sind. Dann zeigt mir der Kulturattaché auch sein Haus auf dem Gelände der Botschaft. Beim Kaffee erzählt Philipp von seiner Ehefrau: »Hillary spricht leider kein Russisch, hat Angst vor Kommunisten und mag Moskau nicht. Sie besucht mich ab und zu für ein Wochenende, fliegt aber stets schnell zurück nach Santa Fe, wo sie ein eigenes Unternehmen leitet.«

So vergeht die Zeit. Philipp schlägt vor, einmal sonntags in aller Frühe zu einem See zu fahren, und bittet mich, bereits am Samstagabend zu ihm zu kommen und dort zu übernachten, damit wir ganz früh losfahren können. Ich habe noch nie bei einem Mann übernachtet, aber irgendwie mache ich mir keine Sorgen. Philipp verhält sich überaus korrekt: Er berührt mich nie, macht keine sexuellen Anspielungen und hat noch nie versucht, mich mit Geld zu beeindrucken. Das Einzige, was er für mich zahlt, sind die Eintrittskarten und das Essen in Cafés.

So bin ich am betreffenden Samstag am späten Nachmittag bei ihm zu Hause. Ich weiß, dass meine Eltern davon nicht begeistert wären und habe ihnen daher überhaupt nichts von Philipp und schon gar nicht von unserem heutigen Treffen erzählt. Er ist mein

»Staatsgeheimnis«. Wir telefonieren nie; unsere Treffen vereinbaren wir, ehe wir uns verabschieden. Nur für Notfälle haben wir unsere Telefonnummern ausgetauscht, sie aber noch nie benutzt. Und wenn wir uns an Wochenenden treffen, verbinde ich das vor meinen Eltern immer mit Reiten; die besseren Klamotten sind dann in meiner Tasche. Bisher haben meine Eltern gottlob nichts gemerkt!

Höchstens meine Englischlehrerin könnte etwas ahnen. Sie wundert sich über die auffällige Erweiterung meines Wortschatzes – auch um Wörter, die nicht im Lehrbuch stehen. Sie hat schon ein paar Mal gefragt, woher bloß dieser entsetzliche amerikanische Akzent kommt, aber eigentlich lobt sie meine Fortschritte immer öfter.

Genau mit diesem »entsetzlichen« Akzent startet Philipp den Abend: »Könntest du etwas Russisches für uns kochen? Ich würde dir dabei helfen. Ich bin ein Fan der traditionellen russischen Küche: Borschtsch, Blini oder Pelmeni.«

Da muss ich ihn leider enttäuschen: »Ich könnte für dich zwar mindestens zehn Formeln der Aberrationen runterbeten, die ich in meinem Studium der Optik und Elektronik auswendig lernen musste; du könntest mich auch nach dem Partizip Perfekt aller englischen unregelmäßigen Verben fragen, aber mit Kochen habe ich bis jetzt kaum Erfahrung. Bei uns zu Hause kocht meine Mutter, bei mir reicht es gerade mal für Kartoffeln, Buchweizengrütze oder ein paar Spiegeleier.«

»Die übliche Vorstellung bei uns Ausländern, alle russischen Frauen im Heiratsalter könnten problemlos Blini und Piroschki backen, ist wohl falsch, oder? Nun gut, ich übernehme das Kochen für das Abendessen, und du hilfst mir!«

Und so brät er uns gekonnt zwei Rindersteaks, deckt den Tisch, öffnet eine Flasche Chianti und zündet Kerzen an, während mein Beitrag darin besteht, ein paar Gurken und Tomaten für den Salat zu schneiden.

»Nastrowje, auf unsere Bekanntschaft – dass wir immer am richtigen Ort zur richtigen Zeit sind, bezaubernde russische Lady in meinem Haus – und auf einen romantischen Abend!«

Wir stoßen an, mein Steak ist saftig und gut gewürzt: »Ich hätte nie gedacht, dass ein Kulturattaché selbst kochen kann!«

Philipp schmunzelt, sagt, dass er nur in »Notfällen« wie heute koche und sonst viel lieber in die Botschaftskantine essen gehe.

Als unser Abendmahl mit einem Vanilleeis beendet wird, entsteht eine Pause. Er schaut mir tief in die Augen: »Und was sollen wir jetzt machen? Soll ich dir meine Fotoalben über die USA zeigen?«

»Nö«, entgegne ich, »ich würde lieber tanzen!«

»Tanzen?«

»Ja, ich war zwei Jahre in der Tanzschule, Standardtanz, habe anschließend aber leider immer nur in der Schule und nur mit meinem Schul-Tanzpartner tanzen können.«

Philipp geht zu seinem Plattenspieler und zeigt mir, dass er nicht nur Steaks braten, sondern auch Walzer, Tango, Cha Cha Cha und Samba tanzen kann. Nach ein paar schnellen Drehungen landen wir auf seiner Couch, seine Hand gleitet meinen Rücken hinab und er küsst meinen Hals.

So aber haben wir nicht gewettet, und ich frage ihn, was das soll. Er fragt zurück, ob er mir denn nicht gefalle.

»Doch, doch, du gefällst mir schon, aber das bedeutet noch lange nicht, dass wir uns jetzt küssen.«

»Warum nicht?«

»Ganz einfach! Weil du verheiratet bist, vier Kinder hast und ich mir nicht vorstellen möchte, was deine Frau dazu sagen würde!«

»Und warum sollte ich das Hillary erzählen? Wir haben eine sehr gute Beziehung. Aber ein bisschen Freiheit, meine ich, muss einem auch in einer festen Beziehung gegönnt sein. Wie ist es denn mit dir? Hattest du schon mal einen Freund?«

»Das nicht, aber mit achtzehn habe ich sogar einen Heiratsantrag von einem couragierten Offizier bekommen.«

Ich erzähle von Pawel, vom Restaurant, von seiner Waffensammlung und von einer Hirschjagd, die stattfinden sollte und an der ich teilnehmen wollte. Aber leider hatte sich vorher herausgestellt, dass Pawel nach drei schweren Verletzungen in Afghanistan alkohol- und drogensüchtig war und eine Heirat nicht in Frage kam. Ansonsten hatte ich keine männlichen Bekanntschaften, außer einigen Nachhilfeschülern.

»Und wenn ich dich nun doch verführe, was dann?«

»Dann müsste ich meine Haare abschneiden.«

Verdutzt guckt er mich an: »Die Haare abschneiden? Wieso denn das? Ist das ein russischer Brauch, den ich noch nicht kenne?«

»Ein Schwur. Ein Schwur, den ich mir selbst gegeben habe, sie mir abzuschneiden, wenn ich mit einem Mann geschlafen habe, der mich nicht heiraten will.«

Langsam fahren seine Finger durch meine langen blonden Haare: »Das wäre viel zu schade. Und was ist, wenn ich dir ehrlich verspreche, dass du Jungfrau bleibst? Wir könnten doch ein wenig zärtlich zueinander sein?«

Wieder will er mich an sich ziehen. Ich schiebe ihn weg und bitte, weitere Versuche zu unterlassen, weil ich sonst gehen werde. Die Stimmung ist im Keller, bessert sich aber, als ich vorschlage, nun doch die Fotoalben aus den USA anzusehen.

Weil wir am nächsten Morgen mit dem ersten Hahnenschrei aufstehen wollen, bringt mich Philipp auch bald ins Gästezimmer, das sich im ersten Stock direkt neben seinem Schlafzimmer befindet.

Einschlafen kann ich nicht, ich wälze mich im Bett hin und her. Das Tanzen, die Nähe zu seinem Körper, sein Verlangen nach mir, klingt in warmen Wellen in mir nach, und ich merke, dass ich mich gerne überfluten lassen möchte. Aber da ist ja mein Schwur! Und im dunklen Zimmer taucht vor meinen Augen ein Bild auf, das mich schaudern lässt: mein Haar radikal gekürzt, zur Dauerwelle deformiert und gebleicht. Unsagbar! Grässlich!

Irgendwann höre ich Philipp ins Bad gehen und danach stampfend die Holztreppe ins Erdgeschoss herunterpoltern. Auch er kann wohl nicht einschlafen. Dann, urplötzlich, sitzt er, schwer atmend und ohne ein weiteres Wort, auf meinem Bett, seine Hand fährt unter die Decke und landet auf meinem Oberschenkel. Das ist zu viel! Ich springe auf und flüchte ins Wohnzimmer.

Philipp kommt hinterher, aber jetzt wird er doch langsam ruhiger und verspricht mir, keine weiteren Annäherungsversuche zu machen. Ich brauche wirklich keine Angst mehr zu haben, sagt er, aber als ich getrost in mein Gästezimmer zurückgehe, höre ich, wie er die Tür seines Schlafzimmers hinter sich zuknallt.

Die Nacht vergeht ohne weitere Vorkommnisse. Als ich am nächsten Morgen wach werde, ist es nahezu 10 Uhr. Erschrocken, da wir doch früh los fahren wollten, mache ich mich schnell fertig und gehe runter zu ihm. Rührei und frisch gepresster Orangensaft erwarten mich. Philipp ist wieder wie immer: galant und freundlich, ganz der Gentleman! In der Unterhaltung erfüllt er ausgesprochen gerne meinen Wunsch, all meine Englischfehler zu korrigieren. Was bin ich froh, dass er nicht mehr sauer ist!

Weil es schon ziemlich spät ist, fahren wir an einen erheblich näheren See. Ein riesiger Picknickkorb mit allerlei Delikatessen ist dabei, das Umhertollen im und am Wasser und das Badevergnügen selbst machen den Tag noch sehr harmonisch.

Danach treffen wir uns noch ein halbes Jahr lang in aller Freundschaft, bis er zurück nach Santa Fe beordert wird. Beim Abschied schenkt er mir die Schallplatten, die wir an jenem Abend in seinem Haus gehört haben. Und eine kleine amerikanische Flagge.

Barbarossa

Der Rote Platz ist heute, an einem Dienstag, nicht so voll wie an einem Wochenende. Und sehr ungewöhnlich: Sogar das Ende der Warteschlange für das Lenin-Mausoleum kann man sehen.

Ich bin mal wieder unterwegs mit Ludmila, die seit der fünften Schulklasse meine beste Freundin ist. Sie ist inzwischen Journalismus-Studentin an der MGU, der Moskauer Staatsuniversität. Ich selbst bin an einer anderen Uni, studiere dort Optik und Elektronik. Wir zwei suchen auf diesem absoluten »Muss« für Touristen, Abenteuer und neue Bekanntschaften.

»Deutsche«, flüstert Ludmila mir ins Ohr und zeigt auf zwei junge Männer, die sich intensiv mit einem Stadtplan auseinandersetzen.

»Mindestens seit zwei Wochen hier«, antworte ich auch flüsternd, obwohl das nicht erforderlich ist, da die beiden noch weit entfernt von uns stehen.

Wir krümmen uns vor unterdrücktem Lachen. Wenn man sich so lange kennt, braucht es keine weiteren Erklärungen, warum das nur Deutsche sein können. Auch dann nicht, wenn noch kein Wort von ihnen zu hören war.

Denn unverkennbar sind sie, die deutschen Touristen auf dem Roten Platz: Birkenstock-Sandalen fast bei jedem Wetter, kurze abgetragene Jeans, verwaschene und ungebügelte T-Shirts, freundliches, aber selbstbewusstes Auftreten und absolut hilflos, was russische Straßennamen und Metro-Stationen in kyrillischen Buchstaben angeht. Und am markantesten: Sobald sie die Grenze nach Russland überquert haben, rasieren sich die Männer grundsätzlich nicht mehr. Wahrscheinlich wollen sie auf dem Roten Platz zwischen den russischen »Bären« nicht auffallen. Das hat Ludmila so auch schon mal einem Deutschen unter die Nase gerieben, aber der hat den Witz, der darin liegt, glaube ich, nicht verstanden: Kein Russe würde jemals auf die Idee kommen, in kurzer Hose und unrasiert über den Roten Platz, das »Herz« der Weltmacht Sowjetunion zu spazieren!

Wir beide jedenfalls haben uns heute so richtig »aufgehübscht« und entsprechen damit der typischen Vorstellung von einer russischen Frau: blond, lange Haare, blaue Augen, elegante Kleider. Ich hatte es ja schon erwähnt: Wir sind immerhin auf der Suche nach neuen Bekanntschaften – da muss man »investieren«!

»Sollen wir den Fritzen helfen?«, fragt Ludmila und benutzt damit den Ausdruck, mit dem man in der SU Deutsche bezeichnet.

»Aber klar doch! Du brauchst im Endeffekt sowieso eine Auffrischung deiner Sprachkenntnisse.« Ludmila möchte nämlich wie so viele ausreisen. Ihr Traumziel ist die BRD – da will sie unbedingt hin! Aus diesem Grund lassen wir keine Möglichkeit für Kontakte mit Vertretern dieses Landes aus. Darum hat sie schon länger Privatunterricht in Deutsch, liest regelmäßig den »Spiegel« und hat auch einige deutsche Lieder auf ihrer Gitarre einstudiert. Sie hat Deutsch also schon recht gut drauf.

Bei mir steht mein Traumland hingegen noch nicht fest. Es sollte wohl eher Richtung USA, Kanada, oder vielleicht auch Australien gehen, weshalb ich »The Times« lese, Sonette von Shakespeare auswendig lerne und auch einige Limericks.

Mit einem strahlenden Lächeln spricht Ludmila nun die beiden direkt auf Deutsch an: »Guten Tag, meine Herren, kann ich Ihnen vielleicht weiter helfen?«

Erfreut kommt es zurück: »Wie kommen wir zum Bolschoj Theater?«, »Wo ist das Puschkin-Denkmal?«, »Welche Metro-Station ist am schönsten?« Ludmila beantwortet nicht nur alle Fragen, sondern gibt fachmännische Tipps und liefert jede Menge Informationen zu den Moskauer Sehenswürdigkeiten. Und dann endlich kommt die Frage, auf die wir eigentlich gewartet haben: »Könnt ihr uns vielleicht diese Sehenswürdigkeiten zeigen?«

Der Tag ist gerettet! Einer der beiden Fritze heißt Bertolt – ein stattlicher Blonder mit himmelblauen Augen. Der andere, etwas stämmiger und braunhaarig, heißt Thomas. Die zwei sind Studenten aus München, studieren Maschinenbau, interessieren sich für die Sowjetunion und stehen beide kurz vor ihren Abschlussprüfungen.

Von meiner Seite aus finden alle Erklärungen und alle Gespräche mit ihnen auf Englisch statt. Freundin Ludmila hingegen, die kein Englisch kann, ist jetzt in ihrem Element: Sie rattert ständig los wie ein Maschinengewehr, und natürlich immer auf Deutsch. Und ich? Ich stehe daneben, fühle mich ausgeschlossen, da ich kein einziges Wort verstehe.

Das gefällt mir überhaupt nicht, und damit es so nicht weitergeht, beschließe ich, ab sofort statt Englisch Deutsch zu lernen. Noch am gleichen Tag erwerbe ich in der nächsten Buchhandlung ein Grammatik-Lehrbuch, ein russisch-deutsches Wörterbuch und einen entsprechenden Touristen-Guide.

Alea iacta est – der Würfel ist gefallen! Es ist Bertolt, in den ich mich verknallt habe. Das Problem aber: Der ist auch erste Wahl für Ludmila! Und so beginnt zwischen uns ein heimlicher, noch verdeckter Wettstreit. Wer wird ihn für sich einnehmen? Bisher haben wir unsere Sympathien für Männer immer aufteilen können, aber hier wird es jetzt ernst. Die kommenden vier Tage, in denen wir gemeinsam die touristischen Highlights abklappern, werden aufregend. Täglich pauke ich zu Hause bis zu dreißig Vokabeln und übe auch komplette Sätze, lande dann tagsüber aber »leider« fast immer bei Thomas, da Ludmila »ihren« Bertolt möglichst fern von mir hält.

Der Tag des Abschieds kommt; wir tauschen unsere Adressen aus – ein Umstand, der hoffen lässt. In der Sprachschule kündige ich meinen Englischkurs und schreibe mich für Deutsch ein.

Nun wird der Kampf um Bertolt als »Briefkampf« fortgesetzt und dabei geht die Freundschaft zwischen Ludmila und mir bedauerlicherweise auch in die Brüche. Wenn wir uns auf der Straße treffen, reden wir kaum noch miteinander, und die gemeinsamen Ausflüge auf den Roten Platz finden nicht mehr statt. Davon haben die Jungs in Deutschland natürlich nichts mitbekommen. Sie möchten, dass wir beide sie in Deutschland besuchen und haben auch einen Weg gefunden, wie das möglich werden könnte.

Ihr Plan: Wir bekommen eine offizielle Einladung von Bertolts Onkel aus Olomouc in der Tschechoslowakei, und über diesen Umweg können wir dann weiter in die BRD reisen. Denn so einfach nach Deutschland, zu den westlichen Imperialisten, würde man uns auf direktem Weg aus Russland niemals reisen lassen.

Bei OVIR, der für Visa-Angelegenheiten zuständigen Stelle, muss ich einen Aufsatz darüber schreiben, wo und unter welchen Umständen ich diesen Tschechen kennen gelernt habe. Nun, Geschichten konnte ich schon immer gut erfinden, und so ist dann auch diese schnell erzählt: »Auf dem Roten Platz. Der Tscheche wollte Schallplatten mit sowjetischen Liedern kaufen, um sie in der Fabrik seinen Kollegen-Kameraden vorzuspielen. Damit er die richtigen Lieder findet, habe ich ihm geholfen.«

Ich bekomme mein Visum.

Bei Ludmila ist allerdings irgendwas schief gelaufen, denn sie hat kein Visum bekommen, und von da an spricht sie nicht mehr mit mir. Bingo, ich reise alleine! Diese Chance werde ich nutzen, da kann sie sicher sein! Auf unsere Freundschaft will ich jetzt keine Rücksicht mehr nehmen, eigentlich schade nach all den Jahren. So viel wie mit ihr habe ich mit keiner anderen gelacht und unternommen. Aber Bertolt wird für mich mit jedem Brief wichtiger und begehrenswerter. Er schreibt ausführliche Briefe über sein Leben, Verwandte und Freunde, Reisen und Konzerte und gefällt mir von Brief zu Brief immer besser. Die Abschlussprüfung hat er mittlerweile bestanden und auch schon eine Stelle als Ingenieur in einem Großkonzern in München angetreten.

Mein Plan nimmt immer festere Formen an: Ich will Bertolt für mich, will nach München auswandern, will heiraten, zwei blonde

Kinder kriegen und Teil seines kapitalistischen Lebens werden. Diesen Plan nenne ich »Barbarossa«. Ein Tick von mir! Ich liebe es, meinen Plänen Namen zu geben. Das passiert schon fast unbewusst, und der Name kommt dabei wie von selbst.

Endlich setzt mein Flugzeug auf tschechischem Boden auf. Bertolt und Thomas erwarten mich, wir steigen in einen Skoda und fahren von Prag nach Olomouc zu Onkel Janusch. Da ich in drei Wochen sehr viel von Europa sehen soll, ist eine Reise durch Deutschland, Österreich und Italien geplant: Kultur, inklusive eines Konzertes mit Eric Clapton, von dem ich bis dahin noch nie was gehört habe, Badeurlaub am Meer und Rennradfahren in den Bergen.

Große Sorgen bereitet mir allerdings noch, dass ich für den »Westblock« kein Visum habe. Ich muss also irgendwie über die Grenzen geschmuggelt werden. Ob das gut geht? Bertolt beruhigt mich, grinst und nimmt mich auf den Arm, als er erklärt, dass deutsche Gefängnisse eigentlich nicht so schlecht sind, wahrscheinlich sogar besser als das normale Leben in der Sowjetunion. Da soll ich mir keine Sorgen machen; er wird mich regelmäßig besuchen und notfalls auch trockenes Brot mitbringen, damit ich mich an russische Gefängnisse erinnere. Aber im Ernst: Da er mit viel Optimismus für seinen Plan wirbt, bin ich einverstanden, mich über die Grenze schmuggeln zu lassen.

Bertolt hat nämlich eine hervorragende Idee: Er zeigt mir den Reisepass seiner Schwester, die wie ich eine Brille trägt, helle Haare hat und in meinem Alter ist. Ich bin unsicher, weil ich finde, dass wir uns überhaupt nicht ähnlich sehen, aber Bertolt und Thomas haben keine Bedenken, meinen, dass, falls überhaupt irgendjemand an der Grenze kontrolliert wird, sie es sind; Männer sind immer verdächtiger als ein junges Mädel mit dicker Brille. Ich soll am Grenzübergang einfach nur schweigen und unschuldig lächeln.

Kein Problem, denke ich! Schweigen und lächeln kann ich, wenn es darauf ankommt, neben Geschichtenerzählen auch recht gut. Und es funktioniert: Mit genau dieser Masche sind wir erfolgreich und triumphieren jedes Mal, wenn eine neue Grenze hinter uns liegt. Bruder, Schwester und Freund auf einer stinknormalen Urlaubsreise! Zu Grenzübergängen fahren wir grundsätzlich tagsüber, denn das ist viel weniger verdächtig, behaupten die beiden. Wenn die Beamten dort nach den Pässen fragen, reicht Bertolt sie ihnen vom Fahrersitz aus schon aufgeklappt entgegen – den von mir oben – während wir freundlich lächelnd, aber gelangweilt aus dem Fenster schauen. Die Beamten, egal aus welchem Land, werfen stets nur einen flüchtigen Blick ins Auto und winken uns weiter. Bertolt murmelt noch etwas Nettes vom Wetter, der Sonne oder auch vom Regen – je nachdem. Unsere Reise läuft wie geschmiert.

In der Nähe von München besuchen wir Bertolts Großeltern, die dort einen liebevoll mit viel Naturholz eingerichteten Bauernhof mit Ziegen, Schafen, Katzen und Hunden besitzen. Rote Geranien an den Fenstern zieren ein geräumiges Ziegelhaus, in dem sie nur zu zweit wohnen. Auch der Vorgarten ist voll mit bunten Blumen und Schmetterlingen. Bertolt stellt mich seinen Verwandten als »Irina aus Moskau« vor, wobei er seinen Arm um meine Schulter legt und mich an sich drückt. Hinter dem Haus sehe ich eine Kinderschaukel, die an einem Eichenast befestigt ist. Es dauert nicht lange, da sitzen vor meinem geistigen Auge dort ein Bub in einer Latzhose aus Cord und ein Mädchen im Dirndlkleidchen, Zöpfe mir rosa Schleifen geschmückt, die lautstark singen und schaukeln. Ich beginne sogar, mir Namen für sie auszudenken. Sollen es russische oder deutsche sein?

Jeden Tag schreibe ich Tagebuch, natürlich auf Deutsch, und am Abend werden Fehler von Bertolt oder Thomas korrigiert. Seit einem Jahr hatte ich inzwischen in Moskau dreimal die Woche Deutschkurs und habe täglich viele Stunden daheim oder in der Metro gelernt. Jeden Tag ein Riesenprogramm: Vokabeln, unregelmäßige Verben, Kassetten mit Radioaufnahmen, Sprichwörter, Geschichte, Gedichte, Sehenswürdigkeiten, Politik und Musik.

Das zahlt sich jetzt aus. Ich verstehe viel und werde vor allem selbst gut verstanden. Natürlich mache ich haufenweise Fehler, aber das stört niemanden wirklich.

Mit jedem Reisetag komme ich Bertolt näher. Zwar will ich auf keinen Fall aufdringlich erscheinen, aber allzu viel Zeit bleibt mir für meinen Plan ja auch nicht mehr. Und ob ich im nächsten Jahr noch einmal ein Visum bekomme, steht in den Sternen.

Daher: »Es« muss auf dieser Reise ganz natürlich und spontan passieren: das, was uns für immer verbinden soll. Es muss von Bertolt ausgehen und nicht von mir. Am besten sollte ich wohl direkt schwanger werden. Daher sollte »Es« zur Sicherheit ein paarmal passieren. Ich habe zwar gewaltig Angst davor, weil ich noch Jungfrau bin. Dass Bertolt der Mann fürs Leben ist, steht für mich aber fest.

Um an mein Ziel zu kommen, versuche ich, möglichst oft mit Bertolt alleine zu sein. Erfreulicherweise ist Thomas in dieser Hinsicht sehr rücksichtsvoll. So kommt es, dass meine große Liebe und ich auf einem unserer Spaziergänge in Siena an einem Schaufenster kleben bleiben, in dem Dessous ausgestellt sind. So viel Spitze und hauchdünne Verführungsartikel habe ich noch nie gesehen, denn Sex und alles, was damit zu tun hat, gilt in der Sowjetunion irgendwie als schmutzig. Es ist verpönt, das Thema öffentlich zu behandeln. Bertolt hat mir kürzlich ein Parfum geschenkt: *Eau fleurie* von *Lancaster*. Der Duft ist einfach umwerfend! Als ich ein nicht gerade billiges Dessous von *La Perla* fixiere – schwarz und mit reichlich Spitze besetzt –, ist er begeistert und kauft es mir sofort. Oder sollte ich besser sagen, er kauft es »uns«?

Am nächsten Abend ist es soweit. Verlegen fragt Bertolt, ob ich ihm nicht meine Neuerwerbung vorführen möchte. Oh ja, gerne! Ich sprühe noch von seinem *Eau fleurie* auf Haare und Schultern. Ein prüfender Blick in den Spiegel im Badezimmer. Ich erkenne mich selbst kaum noch. *La Perla* verwandelt nicht nur meinen Körper sondern auch meine Seele. Zweifel schwinden; ich fühle mich beflügelt und selbstbewusst. Bertolt sieht das wohl ähnlich. Er will nicht lange Zuschauer sein. Seine Zärtlichkeit und Lust stecken mich an. Ich will jetzt Frau werden und alles, was ich zu diesem Thema in Büchern gelesen oder in Filmen gesehen habe, selbst erleben. Bald schon spüre ich starken Druck zwischen meinen Schenkeln und erwarte den Schmerz. Stattdessen passiert nichts. Bertolt liegt auf mir verschwitzt und vollkommen erschöpft und fragt, ob ich schon vorher einen Freund hatte.

»Nein, noch nie«, antworte ich. »Und ich habe auch noch nie jemanden geküsst oder bin mit einem im Bett gewesen.«

»Na ja«, meint Bertolt nun, »ich wusste schon, dass es mit Jungfrauen schwierig werden kann, aber das ist ja wie gegen eine Mauer zu stoßen. Ich hatte schon andere Freundinnen vor dir, aber eine Jungfrau war nicht dabei.«

Obwohl ich enttäuscht bin, will ich meinen Plan so schnell nicht aufgeben: Die Kinderschaukel auf dem Bauernhof, Schafe und Ziegen, Urlaube in Italien, das Leben in München warten. Jedoch auch später am Abend, als wir es noch einige Male versuchen, reicht Bertolts Erektion nicht aus, mich aus meiner nunmehr ungewollten Jungfräulichkeit zu befreien.

Irgendwann gibt er auf: »Lass es uns morgen noch mal versuchen, heute hatten wir einen anstrengenden Tag und ich bin total müde. Morgen gehen wir nur schwimmen, spazieren und spannen aus, und für den Abend kaufen wir uns dann eine Flasche Wodka. Dann wird's schon klappen!«

Diese Idee mit dem Wodka stellt sich dann aber als großer Fehler heraus, eine wahre »Schnapsidee«, was uns allerdings viel zu spät klar wird. Das russische Nationalgetränk fördert weder Lust noch Potenz meines Liebhabers. Stattdessen wird ihm sehr bald ziemlich übel, und er muss sich im Bad mehrmals übergeben. An Sex ist überhaupt nicht mehr zu denken.

Ein paar Tage später: Das Flugzeug steuert den internationalen Flughafen Scheremetjevo in Moskau an.

Meine abenteuerliche Reise ist ohne das ersehnte Ergebnis zu Ende gegangen. Ich denke an scheinbar tadellos bewachte Staatsgrenzen, die ich in den vergangenen drei Wochen ohne Visum überquert und an alle Länder, die ich so gesehen habe.

Eine aufregende, eine sehr schöne Zeit, aber – verdammt noch mal! – hätte ich doch meinen Eroberungsplan bloß anders genannt! Denn eines ist wohl klar: Ein Plan namens »Barbarossa« muss ja mit einer Niederlage enden!

Schablone

Endlich finde ich den Mut, mich wegen meiner Kurzsichtigkeit operieren zu lassen, und so lande ich im Frühjahr des Jahres 1986 in einer Moskauer Fachklinik.

Der dortige Augenarzt allerdings begründet nach der ersten Untersuchung sehr sachlich, warum er diese Operation, die *Radiäre Keratotomie,* bei mir strikt ablehnt: »Mit diesem Verfahren kann man maximal vier Dioptrien korrigieren, bei Ihnen sind es sechs; die Kurzsichtigkeit muss auch mindestens zwei Jahre stabil sein, bei Ihnen dagegen fällt die Sehstärke jedes Jahr um eine Dioptrie; das beste Alter wäre dreißig Jahre, da der Augapfel sich nicht mehr verändert, Sie sind zwanzig, damit viel zu jung; außerdem machen der Astigmatismus und die Hornhautverkrümmung es quasi unmöglich, nach der Operation ohne Brille sehen zu können. Und nicht zuletzt: Ihre Hornhaut ist nicht nur verkrümmt, sondern auch nicht dick genug. Eine Operation ist unter solchen Umständen nicht geboten.«

Summa summarum: Es gibt bei mir keine einzige Indikation, die für diese Operation spricht, und daher will der Augenarzt mich auf keinen Fall operieren. Auf keinen Fall? Er weiß noch nicht, mit wem er es zu tun hat!

Ich dagegen schon. Dieser Arzt ist gerade mal vierundzwanzig Jahre jung und kommt aus Nowosibirsk, wo er vor kaum einem Jahr seine Ausbildung abgeschlossen hat. Er ist weder Professor noch Doktor, gilt jedoch unter den Mitarbeitern in dieser renommierten Moskauer Augenklinik als einer der besten Operateure. Für diese Information habe ich nicht mal einen Privatdetektiv anheuern, sondern nur meine Mutter fragen müssen. Sie ist selbst Ärztin in einem Militär-Krankenhaus, und in ihrer Abteilung arbeitet eine Krankenschwester, die wiederum mit einer Kollegin aus dieser Augenklinik befreundet ist. So einfach geht das.

Zu Hause erzähle ich meiner Mutter vom Ergebnis der Voruntersuchungen. Die Absage des Arztes will ich auf keinen Fall akzeptieren. Ich bin nicht nur meine Brille satt, sondern auch alle Soft- und Hartlinsen, von denen meine Augen immer wieder anschwellen und rot werden.

Mutter appelliert besonnen an meine Vernunft: »Willst du tatsächlich unter das Messer eines Chirurgen, der dich nicht operieren will? Und dann noch an den Augen? Und wenn du danach blind bist?«

»Aber deine Krankenschwester hat doch gesagt, er sei ein Talent! Und auf mich selbst hat er bei den Voruntersuchungen auch den besten Eindruck gemacht: sehr intelligent, sympathisch und engagiert. Man merkt, dass er sein Metier hervorragend beherrscht.«

»Gerade dann solltest du seine Meinung beachten, weil er der Fachmann ist!«

Im Gegensatz zum Augenarzt kennt meine Mutter mich bereits seit zwanzig Jahren. Was ich mir einmal in den Kopf gesetzt habe, redet man mir so leicht nicht wieder aus. So gibt sie letztendlich nach und bittet den Leiter der Augenabteilung ihrer Klinik, durch seine privaten Kanäle den jungen Arzt dazu zu bringen, mich trotz aller Vorbehalte zu operieren.

Zwei Wochen später muss ich zur Vorbesprechung für die OP. Meine Mutter nimmt sich einen Tag frei und begleitet mich, will selbst mit dem Arzt sprechen.

Pünktlich erscheint der auch in seinem weißen Kittel – jung, schlank, sehr dynamisch in seinen Bewegungen und durchaus Vertrauen erweckend. Er erklärt meiner Mutter noch mal, wie das Verfahren funktioniert und welche Risiken die Operation mitbringt: Es wird eine mikrogenau berechnete Schablone für jedes Auge vorgefertigt. Auf der Hornhaut werden mit dieser Schablone tiefe Schnitte gemacht, um das Hornhautzentrum abzuflachen. Diese Schnitte werden mit einem speziellen Skalpell bei Bedarf korrigiert. Jeder dieser Schritte ist mit der Gefahr verbunden, dass zu tief geschnitten wird, insbesondere wenn die Hornhaut so dünn ist wie bei mir. Arzt und Mutter schauen mich bedeutungsvoll an. Mich allerdings interessiert nur, wie lange er für die Anfertigung der Schablonen braucht.

Der Tag kommt. Das linke Auge wird mit einer Binde abgedeckt, in das rechte kommt eine Klammer, damit ich es nicht schließen kann.

Der Arzt schärft mir noch mal ein: »Der Erfolg der Operation hängt davon ab, wie gut Sie mitmachen. Der wichtigste Moment ist das Aufsetzen der Schablone. Wenn Sie dabei das Auge bewegen, wird die Hornhaut abgeschabt und Sie können blind werden. Sehen sie nur in das grüne Licht, fixieren Sie es so gut Sie können.«

Vorher habe ich eine Beruhigungsspritze in den Arm bekommen und Tropfen ins Auge.

Von Angst keine Spur. Ich bin froh, dass ich den Weg auf diesen OP-Tisch geschafft habe.

Leichte Berührung am Auge, danach zweimal leichtes Ziehen. Ich warte unbekümmert, wann die Operation beginnt. Der Arzt sagt gelassen: »Das rechte Auge ist fertig, alles ist perfekt gelaufen. Die Schablone ist so gut geworden, dass ich fast nichts korrigieren musste. Fünf Minuten Pause, dann kommt das linke.«

Die Zuversicht in seiner Stimme hat eine magische Wirkung auf mich. Alle Zweifel, dass etwas falsch laufen könnte, sind verflogen.

Jetzt kommt auf das rechte Auge eine Binde und das linke wird aufgeklammert. Ich liege völlig entspannt. Plötzlich höre ich, wie der Arzt zu jemand anders sagt: »Sie ist schön ruhig, nimm du die.«

Bin ich gemeint? Was soll denn das bedeuten? Schockiert und irritiert rolle ich mit dem linken Auge, um die Antwort zu finden. Gleichzeitig spüre ich einen kräftigen Druck auf das linke Auge, an das grüne Licht habe ich nicht mehr gedacht.

»Scheiße«, sagt eine unbekannte Stimme direkt über meinem Kopf.

»Voll Scheiße«, bestätigt jetzt die Stimme meines Arztes.

»Was ist los?«, will ich wissen.

»Sie haben das Auge während des Aufsetzens der Schablone zur Seite bewegt; die Schnitte sind jetzt an der falschen Stelle und zu tief«, erklärt mein Arzt.

»Wer zum Teufel hat die Schablone gesetzt, wer war das?«, schreie ich hysterisch.

»Das spielt keine Rolle mehr, wir müssen uns entscheiden, wie wir weiter vorgehen. Entweder brechen wir die Operation ab, oder ich versuche mit Skalpell weiter zu operieren. Ohne Schablone ist es sehr gefährlich und hat wenig Aussicht auf Erfolg. Die Schablone kann man nicht noch mal aufsetzen, dann werden zu viele Schnitte in falsche Richtungen gemacht. Verdammt noch mal!«

Ich bin fassungslos. Alles hatte so gut angefangen und jetzt das. Ich entscheide mich fürs Weitermachen und konzentriere mich auf das grüne Licht.

Jetzt muntert der Arzt mich auf: »Gut. Sehr gut. Weiter so. Perfekt. Bald haben wir es geschafft.«

Eine Ewigkeit vergeht. Deutlich rieche ich den Schweiß des Arztes. Ob ihm wohl klar ist, was es noch für ihn bedeuten kann, dass seine Patientin aus einer Familie kommt, in der beide Eltern hochrangige Positionen im Militärwesen innehaben – meine Mutter Ärztin in einem Militär-Krankenhaus, mein Vater gar Staatsanwalt beim Militär? Schließlich hat das auch im Jahre 1986 in Moskau noch immer die höchste Bedeutung. Ob mein Arzt also bereits an das Lagerleben der Häftlinge in Kolyma denkt?

Während diese Gedanken in meinem Kopf kreisen, kommt das erlösende »Fertig!« Ich bin sehr gespannt, ob und was mein geschundenes linkes Auge überhaupt noch sehen kann.

Noch blind werde ich auf meiner Liege irgendwohin gefahren; der Arzt läuft neben mir, hält meine Hand. Ich bin nicht mehr sauer auf ihn, nur noch müde. Ich frage ihn ohne Vorwurf, wer das mit der Schablone war.

Er antwortet: »Ein Student. Das war seine erste Schablone.«

Ich will es einfach nicht glauben: »Aber Sie haben mir doch erzählt, wie viele Kontraindikationen in meinem Fall da sind und wie schwierig es ist, meine Augen zu operieren! Man kann doch in so einem Fall keinem Studenten die Operation überlassen. Und Sie haben mir doch erklärt, dass das Aufsetzen der Schablone das A und O bei der OP ist!«

»Ja, das stimmt. Aber bedenken Sie: Ich muss zwanzig Studenten im Jahr zu Augenchirurgen ausbilden. Irgendwann müssen die dann auch komplett allein operieren können. Wenn Patienten bei anderen Operationen unter Vollnarkose liegen, ist es viel einfacher. Aber bei Augenoperation kann man keine Vollnarkose verabreichen, da die Patienten mitarbeiten müssen. Kein Patient möchte, dass ein Student ihn operiert. Wenn ich Ihnen das vorher gesagt hätte, wären Sie damit einverstanden gewesen?«

»Natürlich nicht«, antworte ich und bin empört, weil doch gerade mein Fall als so außergewöhnlich schwierig eingestuft worden ist.

»Aber jeder denkt so wie Sie. Deswegen sagen wir den Patienten erst gar nicht, wenn das zweite Auge von jemand anderem operiert wird. Und da der Student genauso einen Kittel und Atemmaske trägt, merkt normalerweise niemand den Unterschied. Wie haben Sie das gemerkt?«

»Sie haben gesagt: ›nimm die, sie ist ruhig‹. Danach habe ich einen Raucher gerochen und gemerkt, dass jemand anderes ins Spiel gekommen ist.«

»Es wird immer nach dem ersten Auge entschieden, ob ein Student zum Einsatz kommt oder nicht. Manche Patienten sind so unruhig, dass man sie überhaupt nicht operieren kann; die müssen dann ohne Operation wieder nach Hause gehen. Und manche rollen schon beim Aufsetzen der Schablone mit dem Auge. Deshalb habe ich auch schon Verschnitte gehabt.«

Davon hatte die Krankenschwester meiner Mutter natürlich nichts erzählt, und erst jetzt wird mir bewusst, wie gefährlich diese Art von Operation ist.

Der Arzt fährt fort: »Einige Patienten wollen mir nicht vertrauen, weil ich noch so jung bin. Die wollen nicht von mir operiert werden, sondern von erfahreneren Kollegen. Andere rollen während der Operation wie wild mit den Augen. Auch ein Zeichen des Misstrauens. Sie dagegen haben darauf bestanden, nur von mir operiert zu werden. Warum?«

»Ich habe an Sie geglaubt und hatte auch gehört, dass Sie in dieser Klinik den besten Ruf haben.«

»Wer? Ich? Ich bin erst ein paar Monate hier. Und ich habe kaum Berufserfahrung.«

»Das war mir egal. Werde ich denn von nun an ohne Brille sehen können?«

Aber erstmal hakt der Arzt nach: »Warum ist es eigentlich für Sie so wichtig, keine Brille zu tragen?«

Da ich glaube, dass er ein Recht hat, den Grund für meine Sturheit bezüglich der OP zu erfahren, erkläre ich ihm, dass ich Turmspringerin bin, und warum es dabei so sehr auf gutes Sehen ankommt: »Wenn ich auf dem Turm stehe, zeigt mir der Trainer von unten mit der Hand an, ob ich springen darf oder nicht. Wenn ich diese Handzeichen nicht deutlich sehe, kann es passieren, dass ich auf einen anderen Sportler unter mir springe, denn es trainieren immer mehrere von uns auf verschiedenen Türmen, die sich übereinander befinden und jeder bekommt vom Trainer das *GO!* Mit Linsen aber kann ich nicht springen, denn die würden mir beim Eintauchen aus den Augen gespült.«

»Und warum müssen Sie vom Turm springen?«

Ich schweige. Die Frage habe ich mir noch nie gestellt. Ja, warum? Warum nicht einfach mit der Brille Poker oder auch Schach spielen? Oder spazieren gehen?

»Ich weiß es nicht genau«, sage ich nachdenklich, »aber mich fasziniert diese flüchtige Verschmelzung aus festgelegter, eingeübter Präzision und fliegender Freiheit; jeder Sprung ist eine Mutprobe für mich und eine atemberaubende Herausforderung. Genau dafür muss ich richtig sehen können.«

»Na, dann will ich mal hoffen, dass doch noch alles gut gegangen ist und ich Ihr Auge noch retten konnte. Glauben Sie mir: Ich habe mir die allergrößte Mühe gegeben.« Und mit ein wenig Stolz fügt er hinzu: »Wissen Sie, für Ihre Augen bin ich ganz neue Wege gegangen, habe die Schablone völlig anders als bisher berechnet und dabei auch Ihren Astigmatismus und Ihre dünne Hornhaut berücksichtigt. Nun bin auch ich gespannt, was daraus wird. Bisher wurden Patienten mit diesen Voraussetzungen abgewiesen. Sie sind, soweit ich weiß, die erste, bei der wir trotz aller Bedenken dennoch operiert haben.«

Auf dem Weg nach Hause führt mich meine Mutter an der Hand, und in Metro und Bus wird mir jedesmal sofort ein Sitzplatz angeboten. Meine Augenbinden sprechen wohl für sich. Wo immer ich hinkomme wird es still. Niemand ahnt freilich, dass ich die Augenbinden nur vorübergehend tragen muss.

Zwei Monate später stehe ich wieder auf dem Turm. Den ersten Sprung, anderthalb vorwärts gebückt, widme ich dem jungen mutigen Augenarzt.

Das erste Gespräch

Sonntagabend. Olga, Tanja und ich sitzen wieder einmal im »Meteliza« auf der Nowij Arbat, einem Tanzlokal, in das wir ab und zu zum Klönen und Tanzen kommen. Üblicherweise bestellen wir uns eine Kleinigkeit und warten darauf, zum Tanzen aufgefordert zu werden. Die beiden sind meine Studienfreundinnen; beide sehen sehr gut aus. Meistens werden sie zum Tanz gebeten, während ich am Tisch sitzen bleibe und auf unsere Handtaschen aufpasse.

Doch heute Abend kommt ein junger Mann direkt auf mich zu. Ein eng anliegendes dunkles T-Shirt betont seine kräftigen Schultern und durchtrainierten Muskeln. Ohne ein Wort streckt er mir einladend seinen Arm entgegen, die Handfläche nach oben, und schaut mir auffordernd in die Augen. Ich nicke zustimmend und lege meine rechte Hand auf seine. Sofort fährt sie an meinem Handgelenk hoch. Seine Finger schließen sich sanft, aber fest. Ich könnte jubeln vor Freude: am Griff erkenne ich den geübten Rock'n'Roller. Diesen akrobatischen Tanz habe ich zwei Jahre in meiner Tanzschule trainiert.

Rückwärts gehend führt er mich nun zwischen Tischen, Stühlen und anderen Gästen auf die Tanzfläche. Schon jetzt ist jeder Schritt im treibenden Rhythmus der Musik, sein ganzer Körper in Spannung. Ich lasse mich führen. Mama Mia! Hoffentlich werde ich diese Feuertaufe bestehen.

Im Kopf gehe ich die Anweisungen meines Tanzlehrers durch, der sich sehr viel Mühe mit mir gegeben hat. Zwar konnte ich vorgegebene Kombinationen aus dem Standardtanz fehlerfrei durchtanzen, wenn aber improvisiert wurde, bekam ich Probleme. Und wenn ich damals nicht wusste, welche Figur als nächste kam, war ich einfach auf der Tanzfläche stehen geblieben. Um das zu umgehen, hatte der Lehrer rund fünfzehn Füllkombinationen mit mir einstudiert, die mir halfen, den »Engpass« zu überwinden. Seitdem konnte ich auch bei unbekannten Figuren im Schwung bleiben. Aber das war in der Tanzschule und mit meinem Lehrer. Heute erwartet mich wohl die erste echte Bewährungsprobe!

Kaum sind wir auf der Tanzfläche, legt er los mit komplizierten mehrfachen Drehungen. Ich werde herumgewirbelt, geworfen, wieder gefangen und habe keine Zeit darüber nachzudenken, was richtig und was falsch sein könnte. Sein Stil ist kein Rock'n'Roll, wie ich am Anfang gedacht habe, sondern eine bunte Mischung aus allen möglichen Tanzrichtungen: mal eine Cha-Cha-Cha-Promenade, mal eine extravagante Haltung aus Tango Argentino, dann wieder ein Lockstep aus Foxtrott oder auch ein Wischer aus Rumba. Als er mich voller Schwung auf seine Schulter setzt, mich dann nach vorne wirft, in der Luft um die Längsachse dreht und hintendrein vor mir auf seinem Knie landet, erhalten wir lebhaften Applaus. Jetzt gehört die Tanzfläche uns fast alleine. Mein Partner zieht mit mir eine temperamentvolle Show ab, und ich reagiere bald nur noch wie eine Marionette in seinen Händen. Jede Angst, jede Scheu ist verschwunden; wenn es sich anbietet, zeige ich einen Spagat, baue ein paar indische Elemente ein. Wenn mein Partner mich loslässt, schreite ich im Paso doble von ihm weg. All seine Bewegungen sind voller Energie und ausdrucksstark, wie bei einem Schauspieler. Zum Schluss bringt er mich zurück an meinen Tisch. Ich schaue auf meine Uhr: Zwei volle Stunden haben wir durchgetanzt. Er verabschiedet sich mit einer Reverenz, legt seine rechte Hand an sein Herz und verschwindet ohne ein weiteres Wort.

Tanja und Olga überschütten mich mit Fragen: »Habt ihr eure Telefonnummern getauscht?« »Wie heißt er?« »Was macht er?« »Habt ihr euch verabredet?« »Woher kannst du so gut tanzen?«

Enttäuscht muss ich zugeben, dass wir kein einziges Wort während des Tanzens miteinander gewechselt haben. Ich hatte gehofft, dass er mich vielleicht später zur Metro bringen würde und wir uns unterwegs unterhalten könnten.

Tanja entscheidet sofort, dass wir in einer Woche wieder herkommen, um zu schauen, ob er dann auch wieder da ist.

Während der nächsten sieben Tage muss ich häufig an diesen eindrucksvollen Typen denken: um die einsneunzig groß, sehr gut gebaut, pechschwarze kurz geschnittene Haare, dunkle Augen, gebräunte Haut und selbst am Sonntagabend glatt rasiert. Die meisten Männer, die ich kenne, rasieren sich erst wieder am Montag, für die Arbeit. Was mag er wohl von Beruf sein?

Bisher haben mir blonde Männer mit blauen Augen, wie Bertolt, besser gefallen, aber wie das alte russische Sprichwort sagt: *Na bezribje i rak riba* – »Wo es keine Fische gibt, ist auch ein Flusskrebs ein Fisch.«

Der Sonntag kommt, wir sitzen im Meteliza und warten gespannt auf meinen Kavalier. Punkt 19 Uhr ist er da. Seine Augen suchen mich; er grüßt mit einem kurzen Kopfnicken, kommt aber noch nicht zu uns an den Tisch, sondern bestellt zunächst ein Getränk, das er bezahlt und sofort austrinkt. Dann steht er vor mir und fordert mich zu Tanz auf. Alles wiederholt sich: unser Tanz, seine Show, der heftige Applaus, aber auch heute spricht er wieder kein Wort. Diesmal erinnere ich mich an den Rat von Tanja und Olga und frage ihn, wie er heißt.

»Antoine«, antwortet er mit einem unbekannten Akzent.

Italiener? Spanier? Grieche?

Da er nicht nach meinem Namen fragt, stelle ich mich selbst vor: »Ich heiße Irina«.

Er nickt, wir tanzen weiter. Wie auch beim ersten Mal bringt er mich gut zwei Stunden später wieder an meinen Tisch. Dabei frage ich, ob er in einer Woche wieder hier sein wird. Er nickt und verschwindet.

Eine Woche später begleitet mich nur Olga ins Meteliza. Schon beim letzten Mal hatten wir beratschlagt, wie man meinen geheimnisvollen Tänzer gesprächiger machen kann, beziehungsweise mehr über ihn herausbekommen könnte. Am besten gefiel uns Tanjas Idee, ihm meine Adresse aufzuschreiben und ihn zu mir zum Tee einzuladen. Gesagt, getan: Beim Abschied drücke ich ihm also einen Adresszettel in die Hand, mit der Einladung zu einem Treffen bei mir für den nächsten Sonntag, 16 Uhr, dazu noch die Wegbeschreibung.

»Kommst du?«

»Vielleicht, ich weiß es noch nicht, ich habe wenig Zeit.«

Solche Antworten hasse ich. Was ist das für eine Antwort – »ich weiß es nicht«? Und wer weiß es dann? Und wann?

Am nächsten Sonntag teile ich trotzdem vorsorglich meinen Eltern und meinem Bruder mit, dass ich einen »Nachhilfe«-Schüler erwarte. Meine Familie ist für solche Fälle bestens eingenordet: Jeder hat in seiner Ecke zu bleiben, bis der Besuch die Wohnung wieder verlassen hat. Denn alle Nachhilfeschüler haben den Wunsch, unauffällig und unerkannt zu bleiben.

Daher stellt meine Mutter das Radio in der Küche etwas lauter, mein Vater setzt sich im Wohnzimmer vor den Fernseher, mein Bruder Kirill verschwindet in sein Zimmer, wo er – so wie immer – laut Musik hört.

Kommt er? Kommt er nicht? Zerstreut renne ich im Zimmer hin und her.

Als es dann pünktlich um 16 Uhr klingelt, stürze ich zur Tür und da steht er, Antoine! Ich führe ihn in mein Zimmer. Die Schallplatte mit Tango Argentino, das Abschiedsgeschenk meines amerikanischen Freunds Philipp Crown, habe ich bereits aufgelegt.

Antoine legt mir wortlos einen Arm um die Schulter, den anderen um die Taille und küsst mich auf den Hals. Dann wandern seine Lippen zu meinen, seine rechte Hand beginnt eine Reise unter meinen Rock und zu den drei großen Knöpfen meiner Bluse. Ich werde auf die Couch gedrückt, er legt sich auf mich, da ist seine Hose bereits geöffnet. Ich versuche mich zu wehren, will mich losreißen und ihm sagen, dass ich das nicht möchte. Zu spät. Ein starker Schmerz im Unterleib lässt mich leise aufschreien; danach spüre ich nur noch den Schmerz.

Dass meine sorgfältig gehütete Jungfräulichkeit so unglamourös beendet ist, will ich noch gar nicht wahrhaben, aber das Blut auf der Couch und an meinem Rock bestätigt es unwiderlegbar.

Das erste Lied der Schallplatte ist gerade zu Ende.

»Bist du komplett bescheuert? Du hast mich vergewaltigt!«

»Was für eine Vergewaltigung meinst du? Wenn du das nicht gewollt hättest, hättest du sofort was sagen können, schon als ich dich auf den Hals geküsst habe! Du aber hast dich doch nicht gewehrt. Ich bin doch kein Vergewaltiger!«

»Aber du hast mir mit deinen Lippen den Mund zugedrückt, ich konnte nichts mehr sagen!«

»Dann hättest du zubeißen können, das hätte ich schon verstanden!«

»Wenn ich gewusst hätte, was du vorhast, hätte ich auch gebissen und meine Familie zu Hilfe gerufen! Mein Vater ist Boxer und mein Bruder hat den schwarzen Gürtel in Karate!«

»Ruf ruhig deine Familie, von mir aus auch die Polizei, wenn das eine Vergewaltigung gewesen sein soll! Denen werde ich deine Strapse und deine Nutten-Unterwäsche zeigen und sie können dein Parfum riechen, den Tango Argentino hören und mir von Mann zu Mann sagen, was man unter solchen Umständen denkt!«

Meine Unterwäsche, die einzig schöne, die ich habe, hatte mir Bertolt damals in Italien geschenkt, von ihm ist auch die Bluse und das Parfum. Bisher hatte ich das alles nicht mehr benutzt, aber für Antoine wollte ich eben attraktiv sein; an die Schlussfolgerung, die Antoine daraus gezogen hat, hatte ich nicht im Geringsten gedacht. Und dass er ohne ein Wort über mich herfallen würde, hatte ich mir erst recht nicht vorstellen können.

Jetzt ziehe ich erstmal eine alte Jeans und ein altes T-Shirt an und wische mit dem Rock das Blut ab. Dann frage ich Antoine, ob er mich heiraten will.

»Bist du verrückt? Heiraten? Dich? Weil wir Sex hatten? Auf keinen Fall! Wenn ich jede Frau heiraten wollte, mit der ich geschlafen habe, dann müsste ich längst einen Harem unterhalten!«

»Und warum nicht?«

»Erstmal habe ich kein Geld zum Heiraten, und dann entsprichst du nicht meinem Geschmack. Vorne und hinten zu flach, insgesamt zu dürr und zu klein. Ich stehe auf Frauen mit mehr Busen und mehr Hintern.«

»Aber wenn ich für dich so unattraktiv bin, warum hast du dann mit mir drei Abende hintereinander getanzt?«

»Weil ich mit dir fantastisch tanzen konnte! Fast alle Frauen waren mir bisher beim Tanzen zu langweilig. Ich erfinde gern neue Figuren und habe keine Lust, die vorher zu erklären. Du konntest jedem Schritt folgen, was einfach Spaß gemacht hat! Aber mit Heiraten und Sex hat das gar nichts zu tun!«

»Aber wo ich jetzt keine Jungfrau mehr bin, wird mich doch niemand heiraten wollen! Alle werden denken, ich sei eine Nutte! Und wenn ich schwanger bin – was dann?«

»Dann kannst du abtreiben. Das ist doch kein Problem heutzutage. Oder bist du plötzlich christlich geworden?«

Seine rigorose Einstellung trifft mich im Innersten, ich versuche das Gespräch in eine andere Richtung zu lenken: »Was machst du eigentlich hier in Moskau, wenn du nicht tanzt? Woher kommst du?«

»Ich bin Koch und arbeite für eine jugoslawische Firma auf einer Baustelle. Wenn ich genug Geld gespart habe, will ich mir ein Restaurant in Zagreb kaufen.«

»Und wie kommt es, dass du so gut Russisch sprichst?«

»Ganz einfach – meine Mutter ist Russin und ich wurde zweisprachig erzogen. Deshalb konnte ich mich leicht dafür entscheiden, nach Moskau zu gehen. Aber du, Irina, ehrlich, du bist irgendwie sehr komisch. Gar nicht wie die anderen Frauen, die ich hier in Moskau kennengelernt habe. Das Tanzen mit dir hat mir sehr gut gefallen, aber so, wie du dich jetzt anstellst, will ich mit dir nichts mehr zu tun haben. Ich gehe jetzt.«

Ich bringe ihn zur Haustür und bin nur froh, dass keiner in meiner Familie irgendetwas mitbekommen hat. Den blutverschmierten Rock, die Bluse mit dem abgerissenen Knopf und die zerfetzten Strapse wandern in den Müllschlucker und enden in einer Riesenmülltonne im Erdgeschoss.

Ich denke an Pawel, an Philipp, an Bertolt. Wie viel Anstand und Verständnis sie für mich hatten!

Am Montag verpasse ich zum ersten Mal eine Vorlesung an der Uni und gehe zum Friseur. Der versucht alles, mich davon abzubringen, meine langen blonden Haare abzuschneiden. Aber ich bleibe hart und daher muss er nachgeben.

Die neue Frisur mit der Dauerwelle ist extrem kurz und erinnert an ein frisch geschorenes Schaf. Und das bin ich wohl auch: ein Schaf!

In Bonn

Der Niagara Fall

»Donnerndes Wasser« nennen die Ureinwohner den *Niagara,* den nordamerikanischen Fluss, der die Grenze zwischen der kanadischen Provinz Ontario und dem Bundesstaat New York, USA, bildet. Indianer nannten so ihren tosenden Strom bereits zu den Zeiten, als es auf dem riesigen amerikanischen Kontinent noch keine Staaten gab. Wollte jemand den Fluss überqueren, gab es dafür keine Vorschriften und es bedurfte auch keiner Genehmigung.

Nicht allzu weit voneinander entfernt befinden sich heute die beiden spektakulären Wasserfälle, sodass sowohl den Vereinigten Staaten als auch Kanada ein eigener Wasserfall mit gleichem Namen, *Niagara Falls,* gehört. Genau diese »politische« Tatsache und nicht das Naturphänomen selbst, wie im dramatischen Film »Niagara« mit Marilyn Monroe, hat in meinem Leben einmal eine ganz entscheidende Rolle gespielt.

Seit drei Jahren schon studiere ich an der Friedrich-Wilhelm-Universität zu Bonn Sportwissenschaften, Psychologie und Volkswirtschaftslehre. Das Studium war die glorreiche Idee von Rosi, als wir – Witali und ich – nach Möglichkeiten suchten, weiter auf legalem Weg in Bonn bleiben zu dürfen.

Beantragung und Verlängerung des Touristenvisums waren für Witali und mich immer schwieriger geworden, es drohte der endgültige Rausschmiss aus Deutschland. Und da kam Rosi, die selbst an der Uni unterrichtete, auf die Idee, uns zu immatrikulieren. Witali aber hatte sich geweigert noch mal die Schulbank zu drücken und Deutsch zu lernen, also musste er Deutschland verlassen. Für mich war das Studium die Ideallösung. Mit Rosis Hilfe wurde ich als Studentin eingeschrieben und durfte bleiben. Zusätzlich vermittelte sie mich an eine nette deutsche Familie, bei der ich als Haushälterin arbeiten und wohnen konnte. So hatten sich Witalis und mein Weg getrennt.

Geregelt und rund um die Uhr beschäftigt verläuft seitdem mein Leben: das Studium mit Aufenthaltserlaubnis, Jobs als Putz- und Bügelfrau mit gelegentlichem Baby- oder Katzensitting (Katzensitting gehört dabei zu meinen Favoriten!).

Eines Tages stoße ich am Schwarzen Brett der Uni auf eine kurze Anzeige: »Partnerin für einen Standardtanzkurs an der Uni gesucht. Bei Interesse melde dich bei Bernd.«

Eine letzte, halb abgerissene Telefonnummer hängt an dem Zettel, und dies auch zwei Tage später noch. Ich nehme sie mit und noch zwei Wochen später rufe ich auch an. Zu meinem Erstaunen erfahre ich, dass ich die erste und einzige »Tanzwillige« bin, die auf diese Anzeige reagiert hat.

Kurz darauf treffe ich mich mit Bernd, und da wir uns beide auf Anhieb sympathisch sind, machen wir Nägel mit Köpfen und melden uns für den Tanzkurs in diesem Winter an. Schon bald zeigt sich, wie sehr so ein Freizeitspaß verbinden kann: Wir besuchen nicht nur den Tanzkurs gemeinsam, sondern gehen auch zusammen in die Mensa, ab und an am Rhein spazieren und finden von Treffen zu Treffen immer mehr Gefallen aneinander.

Dann an einem sonnigen Tag im Frühjahr, kommt von Bernd der Vorschlag, mit ihm in den Osterferien nach New York und von da zu den Niagara-Fällen zu reisen.

»Aber gerne, von so einer Reise habe ich schon immer geträumt!«

Jetzt geht es Schlag auf Schlag: Ohne größere Schwierigkeiten bekomme ich in der amerikanischen Botschaft ein Visum, wir fliegen nach Washington, mieten uns einen Wagen und fahren direkt zu den Niagara-Fällen. Dort schneit es in dicken Flocken. Es ist bitterkalt und feucht, die Gischt schwebt wie eine riesige Wolke über dem ganzen Wasserfall. Bernd hat für diese Reise extra eine neue sehr teure Fotokamera gekauft. Er schießt viele verschneite Bilder von der amerikanischen Seite. Im Reiseführer hat er gelesen, dass die kanadische Seite imposanter und insgesamt interessanter als die amerikanische sein soll, da man durch einen Höhlengang viel näher zum herabfallenden Wasser spazieren kann. Wir stapfen durch den tiefen Schnee zu der Brücke, die dorthin über das brodelnde Wasser führt. Der Grenzbeamte inspiziert unsere Pässe und winkt Bernd vorbei, weist mich jedoch mit meinem sowjetischen Pass, der lediglich ein Visum für die USA enthält, ab.

Damit steht Bernd vor dem Dilemma: allein über die Brücke oder zusammen zurück zum Auto.

Mein Freund versucht mit dem Beamten zu verhandeln: Er bietet seinen Pass, seine Kreditkarte, die Armbanduhr und die Autoschlüssel als Pfand an; will sogar 500 Dollar für ein Express-Visum für mich bezahlen (es geht ja nur um eine reine Formalie, aber auch ein Express-Visum müsste ich in Deutschland in der kanadischen Botschaft beantragen, nicht hier, in den USA). Danach bietet er an, dass er selbst als Pfand bleibt, damit ich mir die kanadische Seite anschauen kann. Der Grenzbeamte tut seine Pflicht und beharrt darauf, dass nur Bernd die Brücke überqueren darf. Dabei sind außer uns keine anderen Touristen weit und breit zu sehen.

Bernd, geborener Deutscher, hat mit so viel Visum-Getue bisher nie zu tun gehabt. Er will partout nicht aufgeben, aber ich fühle mich sehr unwohl, weil ich ihm mit meinem »Sowjet-Status« die schöne Reise zu verderben drohe. Er startet noch einen letzten, verzweifelten Versuch: »Und wenn wir verheiratet wären, dürfte sie dann über die Brücke gehen?«

»Dann ja!«

»Dann heirate ich sie sofort!«

»So schnell geht es nicht,« erklärt der Grenzbeamte genervt und rollt mit den Augen. »Sie können nur in Deutschland heiraten. Oder von mir aus auch in Russland. Aber nicht hier!«

Zurück auf dem Weg zum Auto schüttelt Bernd frustriert den Kopf. Sein Entschluss lautet: »Dieses Versäumnis muss umgehend beseitigt werden. Irina, willst du mich heiraten?«

Donnerndes Wasser!

Der Höhepunkt

Mein Ja-Wort feiert Bernd mit mir in einem McDonald's in der Nähe der Niagara-Fälle. Wo sonst, wenn man sich im Heimatland von Hamburger und Cheeseburger befindet?

»Irgendwie habe ich keine Lust mehr auf diesen Schneematsch hier im Norden. Lass uns nach Key West fahren und dort zwei Wochen Strandurlaub machen«, bietet er an. Ich schlage sofort ein.

Da wir nichts außer einem Auto gebucht haben, sind wir mit unseren Schlafsäcken und einem kleinen Zelt absolut flexibel. Mit dem Auto hatten wir Glück im Unglück: Von Deutschland aus haben wir das kleinste und billigste gebucht. Als wir jedoch in Washington ankamen, waren alle Fahrzeuge der unteren Preisklasse bereits vergeben und nur die wuchtigen Ami-Schlitten mit Holzverkleidung übrig. So eins konnten wir dann ohne Aufpreis nehmen.

Im nächsten Supermarkt kaufen wir uns Baseballkappen, Sonnenbrillen und Badesachen und fahren direkt los Richtung Süden. Da unser Auto sehr geräumig ist, entscheiden wir, Geld für Hotels zu sparen und ab und zu im Auto zu übernachten. Bernd hat zwar in seinem Reiseführer gelesen, dass das in den USA streng verboten ist, aber es stand nicht daneben, welche Strafe dafür vorgesehen ist.

Es wird langsam dunkel. Von der Autobahn fahren wir auf einen Schotterweg und von diesem über ein Feld zu einem Wald.

»Das ist gut, dass hierhin keine Straße führt«, meint Bernd, »hier wird uns niemand in der Dunkelheit finden und morgen früh sind wir weg.« Ohne Licht bereiten wir uns zum Schlafen vor und kriechen in unsere Schlafsäcke. Das Auto ist so groß, dass Bernd problemlos seine langen Beine ausstrecken kann.

Wir werden von quietschenden Bremsen und auf vollen Touren laufenden Motoren geweckt, grelles Licht von Autoscheinwerfern machte die Nacht zum Tag. »Bleib liegen, sei ruhig, wir sind umkreist«, flüstert mir Bernd ins Ohr, nachdem er vorsichtig aus dem Fenster geschaut hat. »Irgendwelche Kriminelle, Mafia, Ku-Klux-Klan oder mexikanische Drogendealer!«

Wir ziehen uns schnell an und beobachten von Angst erfüllt, wie immer neue Autos und Motorräder ankommen und die Insassen mit diversen Leuchtmitteln und kleinem Gepäck im Wald verschwinden.

»Wenn ich mit Vollgas zwischen die Autos fahre und sie zur Seite schiebe, haben wir vielleicht eine Chance, uns zur Autobahn durchzuschlagen.« Bernd hat seinen Satz kaum zu Ende gebracht, als wir von einer starken Taschenlampe geblendet werden.

»*Hey, Honeymoon mice, it's time to go!*«, befiehlt eine tiefe männliche Stimme.

Wir hören andere Männer lachen, drei Männer ziehen an uns vorbei in den Wald.

Daraufhin ändert Bernd seine Entscheidung: »Wenn wir versuchen, zur Autobahn zu laufen, werden die Typen sofort merken, was los ist. Falls wir im Auto bleiben, auch. Also, wir mischen uns unter sie; es sind so viele, dass sie sicher nicht alle Gesichter kennen.«

Diese Idee gefällt mir überhaupt nicht, aber ich habe keinen besseren Vorschlag. Und alleine im Auto will ich auch nicht bleiben. Zur Sicherheit ziehen wir unsere Baseballkappen und Sonnenbrillen an, Bernd pfeift laut irgendein amerikanisches Lied und wir steigen aus. Bernd sei Dank haben wir auch eine robuste amerikanische Mag-Lite dabei, mit der wir nicht nur den geheimnisvollen Gruppen im Wald folgen, sondern die wir im Notfall auch als Schlagwaffe einsetzen können. Nach etwa hundert Metern erreichen wir einen großen See. Dort sitzen eine Menge Menschen am Ufer, andere bleiben stehen. Wir suchen uns einen Platz mittendrin und schalten unsere Taschenlampe aus, wie die anderen. »Irgendeine Sekte, halb so schlimm!«, flüstert Bernd erleichtert.

Wir hören zwangloses Lachen, Gespräche, können aber für das Ganze keine Erklärung finden. Plötzlich bricht ein ohrenbetäubendes Getöse am anderen Ufer los, der Boden wird von heftigen Vibrationen erschüttert, und in blutgefärbten Flammen steigt majestätisch ein Raumschiff gen Himmel. Sektkorken werden abgefeuert, begleitet von Tausenden Kamerablitzen, fröhlichem Gebrüll und Applaus von allen Seiten. »Ich Dummkopf, das ist ein *Space Shuttle* und ich habe meine Kamera im Auto!«, schreit Bernd.

»Ob mit Kamera oder ohne, aber das ist doch das Beste, was uns unter diesen Umständen passieren konnte!«, erwidere ich und stecke meine Tarnung – Kappe und Brille – in die Jackentasche. Langsam kehren wir zurück zum Auto. Bald sind wir wieder alleine auf dem abgemähten und brachliegenden Kornfeld. Ohne uns auszuziehen steigen wir wieder in die Schlafsäcke und schlafen sofort ein.

Penetrantes Klopfen gegen die Autoscheibe reißt uns aus dem Schlaf. Die Sonne steht fast im Zenit, hinter der Scheibe erhebt sich ein echter Sheriff in voller Pracht mit dem Stern an der linken Brustseite. Ich muss zugeben, das ist der erste Sheriff, den ich *live*, nicht im Hollywood-Film, in freier Wildbahn erlebe. Der Sheriff will unsere Pässe und Autopapiere sehen. Ich mag es gar nicht, wenn jemand zwecks Kontrolle meinen vierunddreißigseitigen sowjetischen Reisepass in die Hand nimmt. Darin sind nämlich zwei kleine Ungereimtheiten: das Visum für Holland hat nur einen Stempel des Hinfluges, und es gibt nur einen Ausreisestempel von Deutschland ohne Einreisestempel und Visum. Es sieht nur auf den ersten Blick so aus, als ob zwischen diesen Ungereimtheiten keine Verbindung bestehe.

Daran ist nämlich die deutsche Botschaft in Moskau schuld, die mir vor drei Jahren nicht noch einmal das touristische Visum genehmigen wollte, obwohl auf mich in Bonn bereits eine Immatrikulationsbescheinigung wartete. Die war leider erst fertig, als mein touristisches Visum für die BRD abgelaufen war und ich nach Moskau zurückkehren musste. Diese Immatrikulationsbescheinigung konnte allerdings nur höchstpersönlich im Sekretariat der Uni in Empfang genommen werden. Erst danach konnte die deutsche Botschaft in Moskau eine Studiumsaufenthaltserlaubnis ausstellen, die ich allerdings ebenfalls in Moskau höchstpersönlich abholen musste. Und einfach war es schon gar nicht für mich gewesen, an der Friedrich-Wilhelm-Universität zu Bonn einen Studiumsplatz zu bekommen. Dagegen waren alle späteren Prüfungen dort in Sportwissenschaften, Psychologie, Volkswirtschaft und Latein ein Klacks!

Also hatte ich damals in Moskau kurzerhand ein Visum für Holland beantragt und mich von meinen holländischen Freunden Wim und Lidwien im Kofferraum von Utrecht nach Deutschland schmuggeln lassen. Gen Zukunft!

Bernd habe ich von den Ungereimtheiten im Pass erzählt. Er versucht daher, den Sheriff von intensiver Prüfung der Stempel in meinem Pass abzulenken. Er spricht sehr gut Englisch und erzählt dem Sheriff, dass wir in den Flitterwochen sind und dass der Start vom *Space Shuttle* der Höhepunkt dieser Reise gewesen sei. Und uns danach so spät in der Nacht kein Hotel mehr genommen hat. Natürlich war es nicht unsere Schuld, dass die Raumfähre so spät gestartet ist! Zu guter Letzt bittet er, ob er ein Foto vom Sheriff mit mir zusammen als schöne Erinnerung aufnehmen darf.

Bernd holt seine Kamera, der Sheriff legt unsere Papiere aufs Autodach und zieht seine Uniform stramm. Er hat ein echtes Hollywood-Lächeln auf dem Foto, der Sheriff!

Hochzeit auf Deutsch

Tempus fugit, Amor manet.
Liebe Irina,
wir laden Dich herzlich auf unsere Hochzeit ein. Sie findet
am Dienstag, dem 8. Juni um 17 Uhr
in der Thomaskirche, Herzogsfreudenweg 44, 53125 Bonn, statt.
Wir würden uns sehr freuen, wenn Du kommst!
Steffi und Arne

Steffi und Arne sind Kollegen aus dem Sportverein, wo ich einen Job als Übungsleiterin habe.

Seitdem ich in Bonn lebe, ist dies die erste Einladung zu einer deutschen Hochzeit. Meine Kommilitoninnen an der Uni haben mich schon häufiger auf Geburtstage eingeladen, bei denen ich deutliche Unterschiede zu russischen Feiern feststellen musste: Bei uns wird bei jedem Fest getanzt und gesungen, hier wird eher auf Unterhaltung Wert gelegt. Wie sieht es wohl bei einer deutschen Hochzeit aus? Anderes Land, andere Sitten?

Noch am gleichen Tag sage ich euphorisch zu und erst danach wird überlegt, wie das zu schaffen ist. Der Dienstag fängt bei mir mit vier Wassergymnastikgruppen im Frankenbad an, danach drei Gruppen Eltern-Kind-Turnen in der Robert-Wetzlar-Schule und anschließend bis 16 Uhr Aufsicht im Fitness-Studio. Irgendwas davon abzusagen kommt für mich nicht in Frage, da meine Kasse gerade nur für das Notwendigste zum Leben reicht: Kein BAFöG fürs Studium und Unterhalt, den Eltern schicke ich auch ab und zu Geld, da wegen der gewaltigen Inflation in Russland der Rubel und damit die Gehälter meiner Eltern kaum noch Wert haben. Deutsche Mark hingegen wird mit Gold aufgewogen und in Moskau »Valuta« genannt, mit der man alles kaufen kann.

Am Abend rufe ich meine Eltern an und erzähle stolz, dass ich zum ersten Mal auf eine »echte« deutsche Hochzeit eingeladen worden bin. Mein Bruder Kirill will wissen, mit welchem »Schlitten« das Brautpaar befördert wird, mein Vater schärft mir ein, dass ich die ganze Sowjetunion vertreten werde und auf keinen Fall zu knauserig mit dem Hochzeitsgeschenk sein dürfe. Meine Mutter will genau wissen, was gegessen wird. »Für alle Fälle«, meint sie verschmitzt.

Auf dem Stadtplan ist die Thomaskirche schnell gefunden, irgendwo zwischen Röttgen und Ückesdorf. Ohne Auto kann man das wohl nicht rechtzeitig schaffen. Wenn ich wüsste, wer aus dem Verein vielleicht auch zu dieser Hochzeit eingeladen ist, wäre es möglich mitzufahren. Aber es wäre wohl unpassend und einfach doof, die Vereinskollegen zu fragen. Also bleibt mir nichts anders übrig, als ein Auto zu mieten oder mit dem Taxi zu fahren.

Da die Einladung ausreichend früh gekommen ist, habe ich genug Zeit, um an jedes Detail zu denken. Da gibt es nämlich nicht nur ein Problem. Ich habe kein passendes Kleid und keine passenden Schuhe; ein Hochzeitsgeschenk fehlt auch noch, und der Übergang von der Arbeit zur Hochzeit ist ebenfalls noch nicht geregelt.

Der Tag kommt: Um 8 Uhr wird ein Auto gemietet, nach der Wassergymnastik geht's damit zum Friseur. Beim Kinderturnen kann ich leider mit der durchgestylten Frisur keine Purzelbäume vorturnen, dafür überhäufen mich Väter, die sonst nur meine zwei Zöpfe kennen, mit Komplimenten und blicken mich aus strahlenden Augen an. Nach dem Fitness-Studio fahre ich zum Duschen nach Hause. Pünktlich um 17 Uhr bin ich im frisch gekauften hellblauen Seidenkleid und neuen weißen Schuhen in der Thomaskirche und überreiche der Braut eine aufwendig verpackte Blumenvase aus Bergkristall.

Zu mir kommt jemand mit einem Sekttablett. Ich frage, ob ich auch Wasser oder Saft bekommen könnte, wegen des Autos. Ich habe großen Durst. In der ganzen Hektik nach dem Frühstück habe ich nichts mehr gegessen oder getrunken.

Leider gibt es nur Sekt. Na ja, irgendwie werde ich schon bis zum Hochzeitsmahl überleben. Bilder von russischen Hochzeiten kommen mir in den Sinn: üppige Speisen; jeder versucht etwas Besonderes anzubieten, damit die Feier jedem möglichst lange in Erinnerung bleibt. So habe ich auf einer Hochzeit ein im Ganzen gegrilltes Wildschwein, noch mit Kopf und Schwanz, gesehen; auf einer anderen das Fleisch vom braunen Bären oder auch einen Riesenstör, zusätzlich zum üblichen Kaviar, Steinpilzen und Wachteleiern. In Russland legt man größten Wert auf den Hochzeitstisch, es darf an nichts fehlen. Ob Wodka oder Preiselbeeren – die Tische biegen sich vor lauter Überfluss. Im Standesamt selbst wird dagegen nur Sekt mit obligatorischen Schnittchen, schwarzem und rotem Kaviar gereicht.

Auf einem wackeligen Tisch neben dem Eingang ins Kirchengebäude liegt ein zweiseitiger Gottesdienstablauf und eine »Hochzeitszeitung«. Ich nehme beides mit, und gleich danach werden alle Gäste in die Kirche gerufen. Da sich mein Magen schon mehrere Male mit bedrohlichem Knurren gemeldet hat, setze ich mich absichtlich in die letzte Reihe, um die feierliche Zeremonie nicht zu stören.

Vorspiel und Einzug des Brautpaares, Begrüßung, das Lied »Vergiss nicht zu danken«. Währenddessen blättere ich die Hochzeitszeitung durch und stoße auf »Bräuche aus der weiten Welt«:

Irland: Die Braut wird in ein Guinnessfass gesteckt und einen Hügel heruntergerollt. An wessen Haus sie aufschlägt, der erhält Freibier auf Lebenszeit im örtlichen Pub. Auf Kosten des Ehepaares, versteht sich.

USA: Die Hochzeitsnacht wird gefilmt. Kommt es nicht zur Erfüllung der ehelichen Pflicht, landet das Video im Internet.

England: Die Braut sucht nach der Hochzeit ihren Mann in den Pubs. Dabei trinkt sie in jedem einzelnen Pub ein Glas lauwarmes Bier. Ist sie betrunken, ehe sie ihn gefunden hat, zahlt der Vater der Braut die Flitterwochen.

Diese Zeitung ist viel unterhaltsamer als der Gottesdienst, der für mich keine Bedeutung als ein religiöser Akt hat. In Russland werden Kinder schon im Schulalter aufgeklärt, wie die Religionen entstanden sind und welche Bedeutung sie früher hatten. Und von der Evolutionstheorie Charles Darwins wird dann gleich mitberichtet, damit man weiß, dass die biblische Weltentstehungstheorie widerlegt ist.

Endlich kommt das Nachspiel und der Auszug des Brautpaares. Am engen Kirchenausgang steht nun der Diener, der zuvor den Sekt ausgeteilt hat. Jetzt hält er einen Strohkorb hin, in den jeder beim Herausgehen eine Spende für die Kirche einwirft. Die Lehrerin im Deutschkurs in Moskau, Tatjana Nikolajewna, hat uns erzählt, dass das »Kollekte« heißt. Daran habe ich bei meinen Hochzeitsvorbereitungen allerdings in keiner Weise gedacht. Im Portemonnaie befinden sich nur Pfennige und der letzte Fünfzigmarkschein. Die letzten drei Schritte bis zur Kollekte versetzen mich in eine höllische Qual. Wie soll ich mich entscheiden, Pfennige oder Schein?

Mein Vater, überzeugter Kommunist, hat mir häufig erzählt, dass die Kirche früher mit allen Tricks versucht hat, an das letzte Geld der arbeitenden Bevölkerung zu kommen und deshalb nach der kommunistischen Oktoberrevolution von 1917 fast komplett ausgerottet wurde. Aber andererseits hat er mir empfohlen, als Vertreterin der SU nicht geizig zu sein. Wenn ich jetzt eine Handvoll Pfennige übergebe, blamiere ich mich und alle Russen. Das kommt nicht in Frage! Widerwillig wird der Schein geopfert.

»Selbst schuld«, murmele ich dabei, »hast dich schlecht auf die kirchliche Abzocke vorbereitet!«

»Bist du besonders gläubig?«, fragt mich eine bekannte Stimme hinter meinem Rücken. Das ist Stefan, ein Schwimmtrainer aus meinem Sportverein.

»Nein, warum?«

»Für die Kollekte opfern die Gäste in der Regel nur ein paar Mark, ich habe gesehen, dass du fünfzig Mark gegeben hast. So viel hat nicht mal der Vater des Bräutigams locker gemacht! Oder hat dir der Gottesdienst so gut gefallen?«

Ohne ihm die peinliche Wahrheit zu erzählen, frage ich zurück: »Und wie geht es weiter? Für mich ist das nämlich die allererste deutsche Hochzeit.«

»Wir fahren ins Restaurant.«

»In welches?«

»Das steht doch auf der Einladung. Hast du sie nicht mit?«

Wir holen die Einladungen raus. Auf seiner steht: *Anschließend treffen wir uns im Restaurant »Delphi«.* Und die Adresse.

»Wieso steht bei mir nichts? Haben sie vergessen, das zu schreiben?«, hake ich bei Stefan nach.

»Nein«, klärt mich Stefan auf, »es werden nicht alle Gäste zum Essen eingeladen. Das ist doch viel zu teuer, für alle das Restaurant zu bezahlen! Deshalb werden die meisten nur in die Kirche eingeladen, das ist gratis.« Stefan ist sichtlich stolz, dass er mit seiner Einladung zu den wenigen Auserwählten gehört.

Ich wünsche den Frischvermählten einen langen gemeinsamen Lebensweg, den Brauteltern viele Enkelkinder und steige ins Auto.

Die Unterschiede zwischen Russland und Deutschland drängen sich in meinem Kopf: In Russland werden zum Standesamt nur Nahestehende eingeladen, aber dafür zum anschließenden Abendessen mit Tanzen und Singen alle Freunde und Bekannte – oder das ganze Dorf. Niemand soll sich ausgeschlossen fühlen.

»Andere Länder – andere Sitten«, bestätigt mein knurrender Magen. Und auch andere Fritten.

Es ist nicht einfach für Ausländer, sich an deutsche Mentalität und Bräuche anzupassen. So bin ich auf niemanden saurer als auf mich selbst, weil auf dem Rückweg bei McDonald's meine Pfennige nicht mal für einen Hamburger ausreichen, an den ich mich als Hochzeitsmahl erinnern könnte.

Der Trick mit dem Sheriff

Drei Wochen sind inzwischen vergangen, seit Bernd und ich von unserer Reise aus den USA zurückgekehrt sind. Bernd ist wie vom Erdboden verschwunden. Ich habe vier Mal bei ihm angerufen, er ist weder ans Telefon gegangen noch hat er zurückgerufen. Und das nach dem Heiratsantrag vor den Niagara-Fällen!

Habe ich was Falsches gemacht oder gesagt? Mein mangelhaftes Deutsch führt leider immer wieder zu Missverständnissen, feine Nuancen kann ich trotz detaillierter Erklärungen nicht auf den Punkt bringen, und manchmal hinterlässt ein Wörtchen zu viel oder zu wenig einen falschen Eindruck.

Unsere Reise geht mir noch mal durch den Kopf. War ich zu kühl zu ihm, zu zugeknöpft? Wir haben drei Wochen lang in einem Auto, einem Zelt oder manchmal auch im Doppelbett zusammen geschlafen, doch außer zum Gute-Nacht-Kuss ist es zu keinen Zärtlichkeiten gekommen. Denkt Bernd jetzt, dass er mir nicht richtig gefallen hat? Oder hält er mich für leichtfertig, weil ich an einem warmen Abend in Florida vorgeschlagen habe, bei Mondschein nackt zu baden? Obwohl wir ganz allein am Strand waren, hat er das entschieden abgelehnt. Damals haben wir eben unsere Badeklamotten angezogen, und danach habe ich so was auch nie wieder vorgeschlagen. Hat mein Aufruf zum Nudismus mich damals schon aus dem Rennen geworfen?

Liegt es womöglich an Dorothee, einer Freundin und Geigenspielerin, die er vor mir kennengelernt hat? Sie buhlt mit allen Mitteln um seine Gunst und macht stark Wind gegen mich. Als ich ihr bei einem Konzert begegnet bin, bei dem ich ihr Geigenspiel bewundern durfte, habe ich sofort die Konkurrenz gespürt. Dorothee ruft Bernd fünf mal am Tag an, damit er ihr die Fahrradbremsen nachzieht, das IKEA-Regal zusammen schraubt und alle Computer-Probleme löst. Für jede Kleinigkeit, die Bernd für sie erledigt, bedankt sie sich mit einem üppigen Abendessen bei Kerzenschein. Bei Kerzenschein! Wie Bernd mir erzählt hat, hat sie ihn vor unserer Amerika-Reise noch ausdrücklich vor Ausländerinnen aus armen Ländern gewarnt, die angeblich mit allen Tricks arbeiten, um von deutschen Männern geheiratet zu werden und auf legalem Weg in der Bundesrepublik bleiben zu können. Wenn sie erst die anvisierte Staatsbürgerschaft erlangen, lassen sie sich scheiden und holen sich einen Landsmann nach Deutschland. So soll das funktionieren mit den Ausländerinnen! Bernds Stimme klang dabei spürbar nachdenklich.

Oder bedauert er seinen Heiratsantrag als zu unüberlegt und zu spontan und weiß nicht, wie er ihn zurückziehen kann? Nachdem wir damals mein Ja-Wort bei McDonald's gefeiert hatten, hat er von heiraten nie wieder geredet.

Ich habe allerdings schon meinen Verwandten in Moskau und den Kommilitoninnen an der Uni von meiner bevorstehenden Hochzeit erzählt. Alle warten auf eine Einladung. Dabei würde es aber nur eine Art Einladung geben: Alle wären Gäste erster Klasse, und natürlich wären alle zum Feiern, Essen und Tanzen eingeladen. Die in Deutschland offenbar übliche Trennung von Gästen, die zur Trauung im Standesamt oder in der Kirche eingeladen werden (Gäste zweiter Klasse) und solchen, mit denen man danach essen und feiern geht (Gäste erster Klasse), will ich auf keinen Fall übernehmen. Da werde ich hart bleiben, dieser deutsche Brauch hat mir beileibe nicht geschmeckt! Meine Hochzeitsplanung ist schon bei Punkt sieben angekommen: »mit oder ohne Schleier«. Hierzu werde ich meine Mutter konsultieren.

Schleier? Plötzlich kommt mir der Gedanke, dass es vielleicht einen Unfall gegeben hat und Bernd im Krankenhaus liegt. Oder gar tot ist! Und ich, Zicke, bin beleidigt und grübele über Schleier und die Gästeliste. Natürlich würde mich in so einem Fall niemand benachrichtigen. Noch am selben Abend schwinge ich mich – das Gesicht vorsichtshalber mit einer dunkelgrünen Kapuze verhüllt – aufs Rad und fahre an Bernds Wohnung vorbei. Ein Fenster ist beleuchtet und gekippt. Ich höre deutlich die Beatles mit dem Song »Michelle«. Schon stehe ich vor der Türklingel, ich will sofort Antworten auf meine Fragen. Doch wenn er nicht allein ist … ? Ist es geschickt und erlaubt, uneingeladen um 22 Uhr noch vor der Tür zu stehen und zu klingeln?

Und wenn er den Abend mit Dorothee verbringt – wie stehe ich dann erst da? Diesen Triumph soll Dorothee auf keinen Fall haben! Also schwinge ich mich zurück aufs Rad und fahre unverrichteter Dinge nach Hause. An Einschlafen ist nicht zu denken. Am besten wäre, die ganze Geschichte auf der Stelle zu vergessen, Bernd nie wieder anzurufen und auch selbst nicht ans Telefon zu gehen, wenn er doch noch anrufen sollte. Aber auch diese Entscheidung lässt mich nicht einschlafen.

Ich blättere mein dünnes Fotoalbum von unserer USA-Reise durch. Das sind die Fotos, die ich mit meiner Kamera gemacht habe. Davon gibt es nicht besonders viele, da Bernd die meisten Fotos mit seiner teuren Kamera aufgenommen hat. Mein schönstes Foto ist das mit dem zwinkernden Sheriff im Großformat. Er lächelt mich auch jetzt wieder an und das weckt meinen Kampfgeist. Fünf vor acht Uhr habe ich meine Entscheidung geändert und einen Plan für den Kampf um eine gemeinsame Zukunft mit Bernd geschmiedet. Dorothee wird sich wundern! Und der Sheriff soll mir dabei helfen. Jetzt zwinkere ich ihm erstmal zurück, klappe das Fotoalbum zusammen, klettere auf meinen Schreibtisch und quetsche das Album ganz hinten in das oberste Regal.

Punkt 8 Uhr rufe ich Bernd an. Er klingt verschlafen, jedoch nicht unfreundlich.

Ich halte mich an meine Strategie: keine Vorwürfe, keine Fragen, kein Drängeln, keine schlechte Stimmung. Wer mag schon ein mürrisches Weib!

»Hi Bernd, das Foto mit dem Sheriff ist so toll geworden, das muss ich dir unbedingt zeigen! Hast du Zeit, heute Abend vorbei zu kommen?«

Am anderen Ende Stille … befremdlich lange … »Wenn es heute nicht passt, dann vielleicht ein anderes Mal?«

Immer noch keine Reaktion. Ich überlege, ob ich den Hörer auflegen soll, um Bernd aus der Verlegenheit zu befreien. Er wird sich sowieso wundern, warum ich ihn nach drei Wochen anrufe.

»Gut, lass uns heute Abend treffen, ich komme gegen 19 Uhr.«

Der Plan »Sheriff« geht offenbar auf!

Feldsalat mit Honig-Senf-Sauce, Kaninchen à la Provence, Obstsalat mit Eis als Nachtisch, Chianti dazu. Erledigt. Nicht vergessen: Kerzen! Ich zwinkere dem Sheriff zu, der im Album auf dem obersten Wandregal steht. »Na bitte, jetzt bin ich dran«, sage ich zufrieden und meine Dorothee.

Dorothee zieht oft einen kurzen Rock oder ein Kleid an, selbst beim Fahrradfahren. Ich trage gewöhnlich Jeans und T-Shirts, aber heute will ich mal verführerisch aussehen: High Heels aus Nubukleder mit dekorativer Schnürung, ein extrem kurzer Jerseyrock, aufreizende schwarze Netz-Strapse und darunter schwarze Spitze.

So gewappnet lasse ich Bernd um 19 Uhr ein; auch er hat sich festlich angezogen: eine locker sitzende Anzughose mit einem hochwertigen Freizeithemd, dessen Kragenecken und Brusttaschen mit vierblättrigem Klee bestickt sind. Sonst trägt er – wie ich – einfache Jeans mit T-Shirt. Offenbar liegen unsere Erwartungen an den Abend nicht weit auseinander.

Er überreicht mir einen Strauß roter Rosen. Das hat er noch nie gemacht! Ich mag eigentlich keine Schnittblumen, aber das kann Bernd ja nicht riechen. Rosen passen gut zu meinem Plan.

Bernd wirkt allerdings irgendwie bedrückt und ist wenig gesprächig. Da drehe ich die Beatles etwas lauter und führe ihn in den russischen Brauch ein, bei jedem Glas Wein einen Toast auszubringen. Bald öffnen wir die zweite Flasche.

Nach dem Essen kommt Teil zwei meines Planes: auf den Schreibtisch klettern, um das Fotoalbum mit dem Sheriff zu holen. Da ich rutschige Absätze habe, bitte ich Bernd, mir dabei zu helfen. Das Album steckt so fest im Regal, dass ich eine Weile brauche, bis ich es endlich in der Hand halte. Triumphierend drehe ich mich um und sehe Bernd mit schmerzverzerrtem Gesicht, beide Hände am Schritt, die Stirn nass von Schweißperlen.

Ich muss ohne seine Hilfe vom Schreibtisch. Sobald ich unten bin, bittet er mich um ein Handtuch und dass ich ihn allein lassen solle. Ich stelle keine Fragen. Nach kurzer Zeit ruft er mich ins Zimmer zurück. Auf dem Stuhl hängt ordentlich gefaltet seine Hose und oben drauf die Unterhose. Bernd selbst sitzt, das große Badetuch um die Hüften, auf der Couch.

»Irina, ich muss dir was erklären, das mir sehr peinlich ist. Zuerst: Du gefällst mir sehr und ich möchte dich gerne heiraten, so wie ich dir das am Niagara versprochen habe. Aber: Ich habe zuvor etwas erledigt, was ich seit Jahren vor mir hergeschoben habe. Ich habe bei meinem ersten intimen Kontakt gemerkt, dass ich eine Vorhautverengung habe, die mir beim Zusammensein mit Frauen große Schmerzen bereitet. Ich weiß, dass das ein verbreitetes Übel ist, das durch einen kleinen chirurgischen Eingriff in Ordnung gebracht werden kann. Ich habe diese Operation aber immer auf unbestimmte Zeit aufgeschoben und deshalb intimen Kontakt gemieden. Aber jetzt, wo ich mit dir zusammen sein will, habe ich mich operieren lassen. Doch die Wunde will nicht richtig heilen, ich musste schon fünf statt der veranschlagten zwei Tage im Krankenhaus bleiben. Von dort bin ich gestern Nachmittag nach Hause entlassen worden, und es ist längst noch nicht gut! Du verstehst hoffentlich, dass ich dich mit diesem Problem nicht konfrontieren und dich erst wieder sehen wollte, wenn die Wunde richtig verheilt ist. Aber als du vorhin auf den Schreibtisch geklettert bist, habe ich so viel Spitze gesehen, dass meine Hose zu eng geworden ist, was mir furchtbar weh getan hat. Bitte entschuldige, dass es dadurch soweit gekommen ist, dass ich hier im Badetuch vor dir sitze!«

Jetzt kann ich ihn gut verstehen. Gott sei Dank wurde nicht noch Teil drei meines Plans umgesetzt, bei dem ich mich zum gemeinsamen Fotogucken auf Bernds Schoß setzen wollte!

Entscheidung

Damit meine Mutter für drei Wochen zu mir nach Deutschland zu Besuch kommen kann, muss ich hier in Bonn eine Menge Papierkram und Behördengänge erledigen. Als erstes muss sie ganz offiziell – über das Ausländeramt – eingeladen werden. Dafür sind eine Verpflichtungserklärung zur Kostenübernahme für unvorhersehbare Auslagen, Vorlage des Mietvertrags zu meiner Wohnung mit Quadratmeterangabe, Miethöhe nebst Nebenkosten, Nachweis zum monatlichen Nettoeinkommen und der Abschluss einer Reisekrankenversicherung für meine Mutter erforderlich. Die Einladung schicke ich dann per Post nach Moskau. Diese wird vermutlich mit Eseln oder Eskimohunden transportiert – so lange dauert das! Dann marschiert Mutter mit dieser Einladung zu den Moskauer Behörden. Die Organisation der erforderlichen Formalien überschreitet mehrfach die Dauer des geplanten Aufenthalts, aber es geht nicht anders, wenn Mutter und Tochter sich sehen wollen! Und die Schikanen wären noch beschwerlicher, wenn ich selbst nach Moskau reisen wollte.

Auch diesmal kann die Einladung nicht in meinem eigenen Namen erfolgen, da mein Einkommen mit studentischen Hilfsjobs nicht die nötige Höhe aufweist. Daher kommt die Einladung wie beim letzten Mal von meinem Schwiegervater.

Nach all den Schwierigkeiten erlebe ich jeden Besuch meiner Mutter in Bonn als Wunder. Bis sie wirklich den Kontrollbereich des Flughafens hinter sich hat und ich sie sehe, zweifle ich noch, ob alle Fragebögen richtig ausgefüllt und alle Haken an die richtige Stelle gesetzt worden sind. Ein argloser Tippfehler – und sie darf nicht aus der Sowjetunion ausreisen oder wird am Flughafen in Köln zurückgewiesen. Weder russische noch deutsche Behörden sind daran interessiert, dass solche privaten Reisen angenehmer werden. Man wird von beiden Seiten wie ein mutmaßlicher Terrorist behandelt.

Mutter und ich hoffen, dass der bürokratische Kalte Krieg irgendwann zu Ende gehen wird und wir nur Tickets kaufen müssen, um uns zu sehen. Mutter kommt sehr gerne nach Bonn. Jedesmal absolvieren wir auch ein kulturelles Programm: Bei ihrem letzten Besuch war die Live-Show von Yamato-Trommlern in der Kölner Philharmonie unser Highlight. Virtuosen aus Japan mit einer rhythmischen Perfektion, klangstark und gleichzeitig witzig, ließen uns sogar von unseren Sitzplätzen aufspringen. Zu Konzerten und Museen kommen auch Ausflüge in Nachbarländer hinzu.

Wenn sie hier ist, fliegt die Zeit schneller als sonst. Sie erzählt mir von Verwandten, Freunden, unserer Datscha, bedeutenden oder lustigen Ereignissen. Wir reden praktisch vierundzwanzig Stunden am Tag miteinander, langweilig wird es nie. Mutter war und ist meine beste Freundin, mit der ich mich über alles austauschen kann.

Gegen Ende der zweiten Woche, wir sind zu Hause in Kessenich, greift sich Mutter an die Brust und sagt, dass sie sich sehr schlecht fühlt. Ich soll den Notarzt rufen. Mit Ta-tü-ta-ta wird sie ins Krankenhaus gebracht und ein Herzinfarkt diagnostiziert. Sie braucht dringend eine Bypassoperation.

»Was wird das kosten?«, frage ich. Ich habe die Reisekrankenversicherung nur über 40.000 Mark Höchstbetrag abgeschlossen, um den Beitrag niedrig zu halten.

»Genau kann man das nicht wissen, aber mit 80.000 Mark und eventuell auch mehr ist zu rechnen, da Ihre Mutter ja nicht mehr die Jüngste ist«.

»Aber sie ist nur für 40.000 DM versichert«, stammele ich.

»Die Person, die sie eingeladen hat, muss in diesem Fall für die Differenz aufkommen, dafür gibt es in Deutschland die Verpflichtungserklärung bei Einladungen«, erwidert der Arzt.

Mir wird schlecht. Das kann ich meinem Schwiegervater und Bernd, meinem Mann, nicht antun. Das kommt nicht in Frage. Aber was dann?

»Und wenn sie jetzt möglichst schnell nach Moskau fliegt und dort operiert wird? Wird sie das überleben?«, suche ich nach einem Ausweg.

»Auf keinen Fall! Mit einem Herzinfarkt darf man nicht fliegen.« Der Arzt denkt kurz nach und empfiehlt mir, den Kontakt mit der Reisekrankenversicherung aufzunehmen.

Meine Mutter liegt blass im Bett, es geht ihr mit jeder Stunde schlechter, trotz haufenweise Tabletten und Tropfen. Wir sind immer ehrlich zueinander, ohne Schnörkel eröffne ich ihr die grausame Lage. Nach kurzer Pause entscheidet sie, mein Leben finanziell nicht zu ruinieren und für die Operation nach Moskau zu fliegen. Da ist sie gegen alles versichert, die Operation wird sie dort nichts kosten.

Warum war ich so geizig und habe sie nicht für eine Million versichert? Diese Frage stelle ich mir inzwischen zum hundertsten Mal. Ein paar Mark mehr Beitrag und meine Mutter könnte in einem schönen Krankenhaus am Rhein operiert werden und die westliche Medizin mit ihren technischen Fortschritten am eigenen Leib erleben! Sie ist selbst Ärztin und schwer beeindruckt von dem, was bisher im Krankenhaus an Voruntersuchungen gemacht wurde, und von den hygienischen Verhältnissen hier.

Am Tag darauf kommt der Versicherungsregulierer, selbst ein Arzt. Die Entscheidung, ob Mutter fliegt oder nicht, ist durch mich als Tochter und die einladende Person – meinen Schwiegervater – zu treffen. Der Schwiegervater und meine Mutter verstehen sich blendend, auch wenn er kein Russisch spricht; doch die Entscheidung will er nicht fällen und sagt, dass Mutter ihm jedes Geld wert ist. Er werde einen Kredit aufnehmen. Bernd und ich könnten ihm nach und nach alles zurückzahlen.

»Aus finanziellen Gründen darf deine Mutter nicht sterben«, bekräftigt er.

Noch ein Tag vergeht. Der Versicherungsregulierer bietet an, mit Mutter in der Business-Klasse auf Kosten der Versicherung nach

Moskau zu fliegen und sie während des Fluges medizinisch zu versorgen. Da der Flug nur dreieinhalb Stunden dauert, besteht die Chance, sie mit Medikamenten für diese Zeit zu stabilisieren. Aber man darf keine Stunde länger warten, sie muss sofort mit dem nächsten Flieger los, falls wir uns für seine Hilfe und den Flug entscheiden.

Der Krankenhausarzt schüttelt nur den Kopf, dann gibt er mir und dem Schwiegervater unzählige Formulare zu unterschreiben, weil wir uns gegen seine ärztliche Empfehlung für den Flug und gegen die Behandlung in Bonn entschieden haben. Alle Untersuchungsergebnisse werden mir ausgehändigt, damit die russischen Ärzte die Operation in Moskau ohne Verzögerung durchführen können.

Die Schwiegereltern, Bernd und ich heulen im Chor, als der Versicherungsarzt den Rollstuhl mit meiner Mutter in den Kontrollbereich des Flughafens schiebt. Ich überlege, ob ich alles noch rückgängig machen soll. Wenn sie im Flugzeug sterben sollte, wie werde ich mit dieser Schuld leben können? Und je wieder lachen? Die Mutter zum Himmel geschickt, weil ich bei der Versicherung zu geizig war. Wo doch Mutter mir gegenüber immer großzügig war, nie aufs Portemonnaie geguckt hat, obwohl sie nie besonders viel Geld hatte. Ich Geizhals!

Spät am Abend klingelt das Telefon. Mit zitternder Hand nehme ich ab.

»Irina! Töchterchen!« Die Stimme meiner Mutter klingt wider Erwartung klar und fröhlich. »Stell dir vor, ich habe keinen Herzinfarkt sondern ›nur‹ eine akute Nierenentzündung, was man hier sofort an meinen Blutwerten aus Bonn erkannt hat. Man hat mir heute zweimal Antibiotika gespritzt, jetzt geht's mir schon deutlich besser. Übermorgen darf ich wahrscheinlich nach Hause! Ende gut, alles gut!«

Am nächsten Tag telefoniere ich mit dem Bonner Krankenhausarzt, dem ich versprochen habe Bescheid zu sagen, ob meine Mutter lebend angekommen ist. Ich berichte ihm von dem Nierenwert, der weit über der Norm lag, und der erfolgreichen Behandlung in Moskau.

»Ja, ich habe diesen Wert auch gesehen, aber für einen Tippfehler gehalten; denn mit so einem Wert ist man eigentlich tot. Ihre Mutter wurde bei mir mit Verdacht auf Herzinfarkt eingeliefert und mit dieser Diagnose behandelt. Ich bin froh, dass die Ärzte in Moskau sich nicht haben irritieren lassen und alles noch gut ausgegangen ist! Gott sei Dank!«

Ich bin atheistisch erzogen und bleibe auch dabei. Aber meine Mutter hat ihre Meinung zur Religion geändert und glaubt jetzt an Engel. Ihre Entscheidung werde ich auf jeden Fall respektieren.

Das Geheimnis von Maman Sina

Ein Jahr lang brachte Maman Sina mir Französisch bei. Sie war die älteste Dozentin bei uns an der Schtschepkin-Theaterschule in Moskau, wo ich als Sportlehrerin arbeitete. Wie alt sie genau war, wusste niemand. Böse Zungen behaupteten, dass bereits Monsieur Schtschepkin, einer der Begründer der russischen Theaterschule, die Ehre hatte, bei ihr Französisch zu lernen. Sie erlaubte mir, mich unter ihre Studenten zu mischen und an Wochenenden mit anderen Lerninteressierten auf ihre Datscha zu kommen, wo man ohne jegliche Entlohnung Förderunterricht bekam und es zusätzlich die von Maman Sina selbstgemachte Apfelmarmelade zum Tee gab.

Maman Sina liebte die französische Sprache und Paris über alles. Stundenlang konnte sie über den Montparnasse und die Champs-Élysées, das Museum von Auguste Rodin und insbesondere über die Kathedrale von Notre-Dame erzählen. Sie kannte jede Ecke und jede Straße, Geschichte und Kultur. Paris war ihre größte Leidenschaft. Sie war niemals dort gewesen. Wegen des Kalten Krieges.

Um das Lernen schmackhafter zu machen, illustrierte Maman Sina den Unterricht mit Sprichwörtern, Zitaten und Gedichten. Für mich hatte sie beim ersten Unterricht das Sprichwort aufgeschrieben: *Chacun est l'artisan de sa fortune* – jeder ist seines Glückes Schmied.

Nach meinem Umzug nach Bonn hatte ich in den ersten Jahren keine Zeit an Französisch zu denken. Erstmal wollte mein Deutsch geschliffen und das Geld für das Notwendigste verdient werden. Mein Moskauer Französischheft holte ich erst irgendwann später nach Deutschland nach, für alle Fälle.

Eines Abends blätterte ich in diesem Heft und stieß auf einen Zweizeiler:

*Le temps a perdu son habit
de vent, de froid et de pluie.*

*»Die Zeit hat ihr Kleid aus Wind,
Kälte und Regen verloren.«*

Daneben keine Erklärung, ob das ein Zitat oder ein Sprichwort ist. Damals hatte mich wohl nicht interessiert, woher Maman Sina das hatte. Oder ich hatte vergessen, die Fundstelle dazu zu schreiben. Aber jetzt empfinde ich die Schönheit dieser Zeilen und will wissen, in welchem Zusammenhang sie geschrieben worden sind. Ich nehme mir vor, beim nächsten Aufenthalt in Moskau bei Maman Sina nachzufragen.

Beim nächsten Aufenthalt in Moskau erfahre ich, dass Maman Sina auf dem Weg zur Arbeit an einem Herzinfarkt verstorben ist. Maman Sina, das Herz und die Seele der Theaterschule, Maman für alle Studenten, meine leidenschaftliche Französischlehrerin, die nie nach Frankreich durfte. Ich muss weinen, als ich die Nachricht höre. Sie hat mir Jacques Prévert und Paul Verlaine nahe gebracht, auf der Datscha mit mir unregelmäßige Verben geübt und die Freude an dieser melodischen Sprache in mir gestärkt.

Ich weine, weil Maman Sina niemals Frankreich besuchen konnte, während ich dies bereits als erste Auslandsreise von Bonn aus verwirklichen konnte. Paris hatte mich an Maman Sina erinnert: *Chacun est l'artisan de sa fortune!*

Seitdem suche ich überall nach ... Wonach eigentlich? Nach dem, was ich Maman Sina fragen wollte und nach einer Fortsetzung des Gedichts? Ich weiß gar nicht, ob es eine gibt. Oder einen Anfang? Ich frage in Buchhandlungen in Paris, Metz und Straßburg, in Bonn bei *Berendt* und *Bouvier* und bei allen Bekannten, die Französisch können. Vergebens. Selbst *Google* kann mir nicht helfen. Ich lese Bände mit französischen Gedichten und Sammlungen von französischen

Liedern und Sprichwörtern. Vergeblich. Die Suche ist zur Sucht geworden, als ich eines Tages bei *Bouvier* in Bonn ein Lehrbuch für einen Französischkurs kaufen will. Die ältere Verkäuferin erinnert mich an Maman Sina, ist mir auf Anhieb sehr sympathisch, und so stelle ich auch ihr meine ewig gleiche Frage. Nein, auch sie kennt diesen Zweizeiler nicht, aber sie gibt mir eine Anthologie der französischen Poesie von Pierre de Boisdeffre und – oh Wunder! – das erste Gedicht beim Aufschlagen des Buches beginnt mit diesen Zeilen! Das Rätsel ist gelöst, der Autor heißt *Charles d'Orléans*. Die bekannten Zeilen werden in einem wunderschönen Gedicht fortgesetzt:

Le temps a laissé son manteau
De vent, de froidure et de pluie,
Et s'est vêtu de broderie,
De soleil luisant, clair et beau ...

Die Zeit hat ihren Mantel aus Wind,
Frost und Regen gelassen,
und sich in eine Stickerei
aus strahlender Sonne gekleidet, klar und schön ...

Wird hier nur die Wiederkehr des Frühlings impressionistisch beschrieben? Oder steckt zwischen den Zeilen ein Geheimnis? Wie kommt man dazu, so etwas zu schreiben? Ich vertiefe mich in die Lebensgeschichte des Autors: Herzog von Orléans, Graf von Valois, Blois und Dunois, geboren 1394 in Paris. Er wurde mit einundzwanzig Jahren von den Engländern während des Hundertjährigen Krieges gefangen genommen und musste fünfundzwanzig Jahre im englischen Kerker verbringen. Danach wurde er gegen beträchtliches Lösegeld freigekauft, kam nach Frankreich zurück und hat dieses Gedicht geschrieben. Ich bekomme eine Gänsehaut.

Hatten diese Zeilen eine besondere Bedeutung im Leben von Maman Sina? Wenn sie die Wahl gehabt hätte, hätte sie mit Charles d'Orléans getauscht, um das Land ihrer Träume zu besuchen?

Ich dagegen kann seit meiner Auswanderung nach Deutschland jederzeit nach Paris und musste dafür auch nicht einen einzigen Tag im Kerker verbringen.

Arme Maman Sina!

Zu ihrer Ehre und in Achtung vor Charles d'Orléans lerne ich das einzigartige Gedicht auswendig, um es nach einer alten russischen Tradition bei meinem nächsten Aufenthalt in Paris vor der Kathedrale von Notre-Dame vorzutragen.

Möbelmesse in Deutz

Wie wird es wohl sein? In fiebriger Eile suche ich auf dem Messegelände in Köln-Deutz nach »meinem« Möbelstand, wo ich vier Tage lang Russisch-Deutsch dolmetschen soll. Den Job hat mir eine Kommilitonin der Volkswirtschaftslehre namens Lena vermittelt. Zehn Mark pro Stunde. Sie organisiert für russische Firmen, die hier auf der Messe ausstellen wollen, das Drumherum: Unterbringung, Flughafentransfer und Dolmetscher. Lena hat ihr Business voll im Griff. Das Studium braucht sie nur, damit sie auf ihre Visitenkarte »Diplom-Volkswirt« schreiben kann.

Zielstrebig stöckele ich in der von ihr vorgeschriebenen »Berufsbekleidung« – knielanger Rock, hohe Absätze, langärmliger, klassischer Blazer, unifarbene Bluse – vorbei an unzähligen Möbelständen. Am Ende der allerletzten Halle, direkt vor den Toiletten, finde ich Nr. 213, meinen Stand. Dass dieser so weit weg vom Hauptgeschehen der Messe entfernt ist, freut mich, denn in diesem internationalen Durcheinander aus Holz wird uns gewiss niemand finden. Und nichts wird einem Flirt mit dem russischen Direktor der Möbelfabrik im Wege stehen. Den hat Lena ausdrücklich verlangt, damit der Herr Direktor sich nicht allzu sehr langweilt und im nächsten Jahr wiederkommt. Sie war sicher, dass keine Verträge zustande kommen, da er mit Angeboten der Konkurrenz aus aller Herren Länder nicht mithalten kann.

Für diesen Job habe ich mich umfassend vorbereitet. Deutsche Fachausdrücke aus dem Bereich Möbel, Holzarten, Holzbearbeitungsvorgänge etc. habe ich in einem Heft zusammengeschrieben und vorsichtshalber drei dicke deutsch-russische Wörterbücher mitgenommen.

Am Stand begrüßt mich der Fabrikant persönlich, sein Stellvertreter steht daneben. Kaum habe ich mich als »Irina Konstantinowna

Tschernikowa, Ihre Messe-Dolmetscherin« vorgestellt, eilen von zwei benachbarten Ständen vier Herren herbei und zeigen mir ihre Messe-Verträge. In jedem ist Frau Tschernikowa als Dolmetscherin eingetragen. Für Stand Nr. 212, 213 und 214. Das ist definitiv ein Fehler, denn ich habe den Auftrag nur für Nr. 213. Na ja, bis Lena kommt und den Fehler aufklärt, bin ich bereit, für alle drei Stände zu arbeiten, sprich, mit allen drei zugehörigen Direktoren zu flirten. Ich erkenne, dass Lena ihr Geschäft versteht: Sie wird das Geld für mich von jeder Firma kassieren, mich allerdings nur mit dem vereinbarten Stundenlohn von zehn Mark bezahlen. Aber wenn ich nur Kaffee trinken und flirten muss, mag es angehen.

Ich bitte die drei Herren Direktoren, mir ihre Produkte und ihre Kataloge mit Preisen zu zeigen. Alles ist in Russisch und in Rubeln. Ob sie wissen, dass nicht jeder hier in Köln Russisch beherrscht? Schließlich sind wir hier in der BRD und nicht in der DDR, zum Glück! Ob ihnen dieser Unterschied bewusst ist? Die Ware bei allen drei Ständen ist verblüffend gleich, Stühle, Hocker, Tische und Betten in diversen Holzarten aus Sibirien. Diese drei Firmen nehmen zum ersten Mal an einer internationalen Messe teil, genau wie ich. Und alle sind nervös. Ich versuche sie zu beruhigen, obwohl ich selbst Unruhe spüre, da ich nicht jeden Ausdruck, der in ihren Katalogen auf Russisch steht, einordnen kann. Zu viele Begriffe, die mir fremd sind und mit denen ich überhaupt nichts anfangen kann.

Meine Durchsicht ist noch nicht zu Ende, als ein erster Kunde im Laufschritt auf Stand Nr. 213 zueilt – dem Aussehen nach ein Japaner oder Koreaner: »*How are you? How do you do?*«

Das kriege ich noch hin. Danach versuche ich das Gespräch freundlich aber entschlossen auf Deutsch weiter zu führen. Meine Vorbereitung betraf Möbel aus Ahorn, Kiefer, Tanne und Birke nur auf Deutsch. Auf Englisch umzuschalten fällt mir sehr schwer. Aber der Japaner spricht leider kein Wort Deutsch. Die russischen Firmenvertreter hören uns genau zu. Ich vermute, dass sie kein Wort

Englisch verstehen, sonst könnten sie sich am Gespräch beteiligen. Was mutet Lena mir zu? In den fünf Jahren, die ich in Deutschland bin, habe ich kein einziges Mal Englisch gesprochen, meine ganze Aufmerksamkeit galt der Verständigung auf Deutsch. Der Japaner will sehr genau wissen, aus welchen Hölzern »that!« (er zeigt auf einen Hocker im Katalog) gemacht wird: »*What kind of wood is it?*«, und was es kostet.

Möglicherweise habe ich in der Schule die englische Bezeichnung für »Hocker« und »Birke« gelernt, nur mir fällt das gerade in diesem Moment nicht ein. Auf Deutsch »Birke«, auf Russisch *berjoza* – wie heißt es verdammt auf Englisch? Ich fange so an: »*This chair with three legs is made of white wood with black points.*«

Ich erkundige mich bei meinem russischen Direktor nach dem Preis, der leider auch nicht im Katalog steht, und der flüstert mir zu: »120 Rubel«. Rubel! Der Japaner will den Preis nicht in Rubel sondern in Deutsche Mark oder Dollar wissen! Das braucht jetzt eine kurze Pause und eine Besprechung unter den Russen. Der Japaner wird ungeduldig, und obwohl ich das anfangs nicht für möglich gehalten habe, stehen inzwischen zwei weitere Interessenten vor unserem Stand. Ich hoffe, dass der asiatische Handelsvertreter keine Hocker kaufen wird, da ich mir mit Schaudern vorstelle, wie ich *white wood with black points* in den Kaufvertrag eintrage, *200 chairs with three legs for 120 Rubel for one chair*. Ich denke an unzählige Prüfungen meines Lebens, in denen ich nicht Bescheid wusste und doch irgendwie bis zum Ende durchgekommen bin. Das Wichtigste ist, dass die Russen nichts merken und dass es nicht zum Abschluss eines Kaufvertrages kommt. So eine schriftliche Blamage kann ich mir nicht leisten! Ich befürchte, Lena wird mir dann keinen Pfennig dafür zahlen. Und wenn sich das auch noch bei unseren Kommilitonen herumspricht, habe ich mich bis zum Ende des Studiums lächerlich gemacht! Höflichst und mit einer tiefen Verbeugung bitte ich den Japaner, am nächsten Tag noch mal zu kommen, denn der Preis müsse noch an den aktuellen

Dollar-Rubel-Kurs angepasst werden. Er hat eventuell gehört, dass Rubel wieder mal *fall down*. Ja, natürlich, das hat er schon gehört. Wir verabschieden uns *till tomorrow*.

Ein Inder in weißem Hemd und schwarzem Anzug ohne Krawatte interessiert sich für Stühle. Ich stelle ihm zuerst die Direktoren vor, danach gehen wir der Reihe nach ihre Stände durch. Die Produkte sehen sich ziemlich ähnlich und unterscheiden sich nur in wenigen Details. Zu einem Stuhl sagt der Inder *really wonderfull birch*. Vor Freude hüpfe ich innerlich auf der Stelle: so heißt »Birke« auf Englisch! Auf meine Frage, ob es in Indien keine Birken gäbe, hält er mir einen ausführlichen Vortrag in perfektem Englisch über die Vorzüge der russischen Birke, die in der Kälte viel langsamer wächst. Dadurch werde wiederum das Holz dichter und die Qualität besser. Von seinem Vortrag versuche ich kein Wort zu vergessen. Das kann ab sofort jeder Interessent von mir zu hören bekommen!

Der strategische Handlungsplan für heute nimmt in meinem Kopf Form an: keine schriftlichen Kaufaufträge annehmen, Interessenten mit dem Hinweis auf *falling down the Rubel* auf morgen umleiten und möglichst viel und gefällig quatschen, damit die Kunden auch wirklich wiederkommen. Die Fabrikanten erfahren von meinem Plan nichts. Also, der Inder. Ich frage ihn nach seiner Familie, Frau, Kindern, heiligen Kühen, Sehenswürdigkeiten in Indien und was er vom Hatha-Yoga hält. Solche Konversation beherrsche ich seit der Schulzeit einwandfrei. Leicht überrascht wegen meiner Neugier antwortet der Inder dennoch ausführlich auf jede meiner Fragen. Und als die nächsten drei Kunden vor unserem Stand stehen, lasse ich ihn ungestört weiter reden. Wohl in der Annahme, ich wolle den Inder während meiner Arbeitszeit anmachen, fixieren sie mich und schütteln missbilligend ihre Köpfe.

Als das umfangreiche Familienthema erschöpft ist, verabschieden wir uns mit *till tomorrow*.

Die drei wartenden Kunden gehören nicht zusammen, aber als sich noch zwei weitere dazu gesellen, entscheide ich mich für eine Gruppenführung. Es stellt sich deutlich heraus, dass mir nicht nur das englische Wort für »Hocker« fehlt, sondern auch das für »Bettlatte« und »Lattenrost«, »Ahorn« und schließlich auch für »Tanne«. Im Kopf erklingt das Lied, das wir im Deutschkurs in Moskau gelernt haben: »O Tannenbaum, o Tannenbaum, wie grün sind deine Blätter.« Verzweifelt rufe ich in meinem Gedächtnis Baumbezeichnungen auf Englisch auf. Aus einem englischen Popsong fällt mir die Zeile *»Just a yellow lemon-tree«* ein, das kann ich hier keinesfalls brauchen; aus einem englischen Märchen ist mir ein Sarg aus *oak*, Eiche, in Erinnerung. Mit der heute gelernten *birch* sind *oak* und *lemon-tree* die einzigen Bäume, deren englischer Name mir bisher geläufig ist. Aber hier gibt es leider keinen Stuhl oder Tisch aus Eiche oder Zitronenbaum, lediglich Hocker aus Birke. Damit ist mein Wissen von *oak* und *lemon-tree* keinen Heller wert!

Learning by doing: Ich versuche aus jedem Gespräch nützliche englische Wörter zu behalten, die ich beim nächsten Kunden anwenden kann.

Irgendwann erscheint ein Amerikaner am Stand: kariertes Hemd, Ärmel umgekrempelt, stark abgetragene Jeans, extrem übergewichtig und umgeben von einem unangenehmen Nikotingeruch. Vor meinem inneren Auge läuft sofort ein Antiraucher-Werbeclip: Panoramaaufnahme des Grand Canyon, über goldfarbenem Gestein kreisen und kreischen Geier. Dieser fette Ami mit einer Zigarette im Mund klettert mit viel Mühe von einem Felsbrocken auf einen gescheckten Mustang. Der Mustang, vom Zigarettenqualm eingehüllt, hustet und geht mit einem herzzerreißenden Wiehern zuerst in die Knie und fällt danach auf die Seite, erdrückt vom Inhalt der löchrigen Jeans. Indianer, mit wie aus Bronze geschmiedetem nacktem Oberkörper und mit Kopfschmuck aus Geierfedern – selbstverständlich Nichtraucher – galoppieren an ihm vorbei. Geier stürzen herunter.

Im Hintergrund spielt eine Mundharmonika die Melodie »Spiel mir das Lied vom Tod«. Cut. Ich bin sicher, nach so einer Werbung würde die Nichtraucherquote in die Höhe steigen.

Der Ami zeigt mit dem Finger auf den Lattenrost, der auf einem Musterbett liegt. Er will wissen, ob der mit seinen recht dünnen Kieferlatten stabil genug ist. Diese Frage übersetze ich dem Direktor von Stand 213. Es ist schließlich sein Bett! Der bittet mich, die Belastbarkeit des Produktes vorzuführen.

Neidisch gucke ich auf den italienischen Stand uns gegenüber. Dort sind sie zu fünft: zwei Firmenvertreter, eine Dolmetscherin und zwei junge italienische Schönheiten in Miniröcken aus geschmeidigem Leder, schwarzen Spitzenpumps mit roter Sohle und mit exotischen Fingernägeln. Die Models haben es in dem luxuriös ausgestellten Wohnzimmer gut: Sie bewegen sich grazil von der Couch aus feinem weißem Leder zum Sessel, legen sich im riesigen Fünf-Personen-Bett auf den Bauch und schwingen mit ihren ellenlangen Beinen hin und her. Ein richtiger Blickfang! »Aber leider kein einziger Kunde in der ganzen Zeit«, schleicht sich bei mir der schadenfrohe Gedanke ein. Irgendwie bin ich stolz auf so viele Kunden an unseren Ständen.

Vielleicht hätten meine Holzfabrikanten nicht als reine Männergesellschaft einreisen sollen. Ein paar sibirische Diven mit dicken blonden Zöpfen hätten sie mitbringen sollen, das wäre die beste Antwort auf italienisches Design!

Aber nun gilt es, dem Amerikaner unser Produkt vorzuführen. Vorsichtig lege ich mich auf den Lattenrost eines kleinen Einzelbettes. Auf keinen Fall darf meine Strumpfhose mit dem grob geschliffenen Holz in Kontakt kommen. Ersatz habe ich nicht dabei, und eine zerrissene Strumpfhose wäre für Lena garantiert ein Kündigungsgrund. Erfreulicherweise hat Lena bei der Kleiderordnung festgelegt, dass der Rock nicht allzu knapp sein darf. Natürlich wäre eine Hose noch praktischer gewesen, aber Lena hat sich wohl etwas dabei gedacht, als sie auf einem Rock bestand.

Als ich auf dem Bett liege und den Ami anlächle, guckt er weiterhin skeptisch auf mich und meine sechzig Kilo. Doch da landet mit einem Sprung, einem sibirischen Tiger gleich, der Direktor vom Stand 212, geschätztes Kampfgewicht hundert Kilo, neben mir. Die Kieferlatten quietschen, bleiben aber heil. Das Gesicht des Cowboys entspannt sich. Ein weiterer Sprung, aber weniger elegant – und der Direktor von 214 landet nun auch noch auf uns. Er wiegt noch mehr als sein Konkurrent von 212 und fängt jetzt auch noch an, sich ausgesprochen unanständig auf uns zu bewegen. Ein rhythmisches Quietschen füllt die Messehalle.

Die Italiener gegenüber lachen. So viel Leben auf Ausstellungsobjekten! *Bene! Benissimo!*

Inzwischen macht der Cowboy von allen Seiten Fotos von uns, verlässt uns dann aber, ohne etwas zu kaufen.

Direktor Gawrilow vom Stand 213 fragt den Chef des Standes 214, was er sich denn bei seinem wilden Sprung gedacht habe. Der antwortet: »Ins Ausland darf man als Russe unter keinen Umständen minderwertige Qualität verkaufen. Was soll denn unser ideologischer Gegner von uns halten? Und wenn deine Bettlatten zerbrochen wären, hätte der Amerikaner bei mir welche kaufen können, die wesentlich dicker und robuster sind!«

Bei meinen drei Direktoren bin ich mittlerweile gut angekommen. Sie verwöhnen mich mit Kleinigkeiten. Ihre Stellvertreter, die im Schnitt zwanzig Jahre jünger sind, holen mir Orangensaft und Würstchen mit Pommes. Da in meinem Vertrag Pausen nicht vorgesehen sind, esse und trinke ich direkt am Stand. Der Direktor von 214 schenkt mir ein ganzes Glas roter Kaviar, den er selbst aus dem Fisch geschnitten und von Hand gesalzen hat. Der schmeckt ausgezeichnet!

Leider tauchen genau jetzt zwei spießige Zwillings-Engländer, beide mit gleicher Brille, vor unserem Stand auf. Ich habe viel zu viel Kaviar im Mund. Damit kann ich nicht sprechen. Und außerdem müssten sie nicht so unverschämt glotzen, denn Kaviar kriegt man nicht jeden Tag geschenkt. Also werde ich den Kaviar zu Ende essen, ehe ich wieder meine *Birchtales,* meine »Birkenmärchen« vortrage.

Ich versuche es den hübschen Italienerinnen von gegenüber nachzumachen. Mit dem Glas Kaviar in der Hand flaniere ich von einem Birkenhocker zu einem Kiefersessel, »hüftschwinge« mich mit meinen zehn Zentimeter hohen Absätzen von einem Tannentisch zum anderen, wippe verführerisch auf quietschenden Bettlatten und ziehe meine Show durch, bis der Kaviar aufgegessen ist. Niemand kann mir das jetzt als Mittagspause vom Stundenlohn abziehen. Das war eben eine typisch russische Produktvorführung für die englische Kundschaft!

Als spät nachmittags Elena Michailowna, Lena, auftaucht, staunt sie nicht schlecht über den lebhaften Betrieb an unseren Ständen. Das hat sie im Traum nicht erwartet! Sie dachte wohl, eine Dolmetscherin für drei Stände würde ausreichen, weil sowieso nicht mehr zu tun wäre, als Kaffee für die Herren Direktoren nebst Stellvertreter zu besorgen, mit ihnen Konversation über den Alltag im Westen zu führen und dabei zu helfen, vier Tage möglichst nett zu verbringen. Auf meine Frage, warum sie eine Russisch-Deutsch-Dolmetscherin engagiert hat, wo doch bis jetzt kein einziger Kunde Deutsch, geschweige denn Russisch gesprochen hat, ist ihre lapidare Antwort: »Für VWL-Studenten sind gute Englischkenntnisse Voraussetzung. Also darf es dir doch nichts ausmachen, ein bisschen Englisch zu praktizieren.«

Da frage ich sie so nebenbei, wie denn »Birke« auf Englisch heißt. Äh, das habe sie gerade vergessen, aber das sei ein sehr einfaches Wort, was jedes Kind kenne. Ich frage sie nach »Hocker« auf Englisch, auch das weiß sie nicht. Und was ist mit »Lattenrost« oder »Bettlatten«? Sie beginnt mit Umschreibungen: »*The wood in the bed,* nein, besser, *the wood under the bed,* auch nicht, besser *the wood for the bed.*« Als ich mit Engelsgeduld und honigsüßer Stimme frage, was ich denn nun in die Kaufverträge schreiben soll: *in, under* oder *for the bed,* zuckt sie genervt mit den Schultern und zeigt auf die nächsten Kunden, die tumultartig meine Direktoren umlagern.

Endlich verlässt der letzte Kunde unseren Stand. Ich fahre nach Hause, aber für mich ist heute noch lange kein Feierabend. Die Nacht verbringe ich mit einem Intensivkurs in Business-Englisch anhand sämtlicher mir zur Verfügung stehenden Lehrmittel. Und das sind einige!

Am nächsten Tag erscheint Punkt 9 Uhr der Japaner von gestern an Stand 213, und nach fünf Minuten sind genau zweitausend Hocker an ihn verkauft.

Auch die anderen gestrigen Interessenten tauchen nach und nach wieder auf, sogar der Cowboy, diesmal in Anzug, Hemd und Krawatte. Er kauft zwei Schiffscontainer Lattenroste, für die er mit den Fotos, die er von uns auf dem Bett aufgenommen hat, Werbung machen wird.

Dieser zweite Tag verläuft für mich stressfrei. Nach und nach werden immer mehr Kaufverträge unterschrieben. Am frühen Nachmittag bekomme ich wieder ein Glas Kaviar vom Direktor vom Stand 214, diesmal den schwarzen. Dazu lädt er mich in seine Holzfabrik nach Lessosibirsk ein, wo ich jeden Tag Kaviar essen könne, soviel ich wolle.

Am dritten Tag kommt ein Franzose an unseren Stand. Dem biete ich drei Sprachen zur Auswahl: Russisch, Deutsch oder Englisch. Aber der will nur Französisch reden. Tja, so sind sie, die Franzosen! Ich bleibe hartnäckig und frage ihn: »*Why do you think that you can speak French all over the World?*«

Das ist meine persönliche Rache an der französischen Botschaft in Bonn, die vor fünf Jahren mit mir weder Deutsch noch Englisch sprechen wollte. Der Franzose wendet sich an die Direktoren. Die können natürlich erst recht kein Französisch. Der eine reagiert mit *Cherchez la femme*, das bekannte Ende des französischen Sprichworts *Dans chaque malheur cherchez la femme* (»in jedem Übel suche nach *einer Frau«)*; der andere versucht sich an einer Zeile aus dem Film »D'Artagnan und drei Musketiere«: *à la guerre comme à la guerre (»im Krieg wie im Krieg«).*

Am Ende des vierten Tages, kurz vor Messe-Schluss, kommt der Franzose aber doch noch mal wieder. Er hält uns eine Flasche Champagner hin wie zur Versöhnung. Die Direktoren glauben tatsächlich, sie hätten ihn mit ihren Französischkenntnissen beeindruckt.

Gestern habe ich »rein zufällig« ins Französische Wörterbuch geschaut und glänze jetzt mit *bouleau* (»Birke«) und *tabouret* (»Hocker«). Die allerletzte Messe-Aktion ist ein Kaufvertrag mit dem Franzosen. 1789 Hocker werden nach Paris reisen. Was wollen die mit so einfachen groben Hockern in Paris? Ich erfahre es nicht; es bleibt ein ungelöstes Rätsel, und leider reicht mein Wortschatz nicht aus, um danach zu fragen. Mit dem Franzosen sitzen wir alle zusammen an unserem Mustertisch aus Tanne. Auf den Tisch kommen drei Flaschen Wodka, der Champagner und der Rest vom Kaviar. Nach kurzer Zeit und dem dritten Wodka hört die riesige Messehalle das russische Lied »Katjuscha«.

Und das Erstaunlichste: Der Franzose singt mit!

Alles ist in Ordnung?

Die Kopfschmerzen sind so unerträglich, dass ich leise stöhnen muss. Dazu noch eine starke Übelkeit. Am liebsten würde ich mich gleich übergeben. Ich öffne die Augen und kann mich erstmal nicht entsinnen, wo ich bin. Von meinem linken Handgelenk geht ein dünner durchsichtiger Schlauch zu einem Beutel, der an einem Ständer hängt. Ein anderer Schlauch kommt unter der dünnen Decke seitlich heraus und endet in einem Beutel mit gelber Flüssigkeit. Ich starre auf weitere Beutel und Schläuche, deren Bedeutung ich nicht sofort einordnen kann. Am linken Handgelenk ist ein Port mit Pflaster befestigt, wo der dünne Schlauch anfängt. Mit der rechten Hand taste ich meinen Unterkörper ab und treffe auf eine dicke Windel. Ich schiebe die Hand zwischen Bauch und Windel und stoße auf einen Blasenkatheter. Die Hand fühlt sich feucht an, ich ziehe sie aus der Windel und sehe, dass sie mit Blut beschmiert ist. Jetzt weiß ich wieder, wo ich bin, nämlich in einem Krankenhaus in Bonn.

Eine Stimme ruft: »Irina, mein Kind, du warst so lange im OP. Ich habe mir solche Sorgen um dich gemacht! Die Krankenschwestern wollten mir nicht sagen, was mit dir los ist. Sie wiederholen immer nur ›alles ist in Ordnung, sie kommt schon wieder‹. Du warst über acht Stunden weg, ursprünglich solltest du doch schon nach einer Stunde zurück sein. Haben die Ärzte was Schlimmes bei dir gefunden?«

Ich komme langsam zu mir, erkenne meine Zimmernachbarin, mit der ich gestern Abend stundenlang gequatscht habe. Sie hat mir ihre Leidensgeschichte erzählt und ich ihr meine: dass ich während meiner Tage jedes Mal schlimme Bauchschmerzen bekomme und bald meine Abschlussprüfungen stattfinden; dass ich es aber nicht riskieren kann, an einem Prüfungstag wegen dieser blöden Schmerzen zu fehlen.

Deshalb hat mich mein Frauenarzt in ein Krankenhaus zur *Laparoskopie* überwiesen, einer Untersuchung der Bauchhöhle. Bei einer *Laparoskopie* werden drei nicht nennenswerte Einstiche im Bauch gemacht, durch die das diagnostische Instrument eingeführt wird. Ich habe ihn noch gefragt, ob das mit Lokalanästhesie oder unter Vollnarkose durchgeführt wird. Davor habe ich nämlich Angst, und wegen drei Einstichen wollte ich mich um keinen Preis ausschalten lassen. Er hat mich beruhigt. Dafür brauche man keine Vollnarkose, einige Gynäkologen führten diese Diagnostik selbst in ihren Praxen durch. Der Eingriff sei völlig harmlos, zwei Stunden nach der OP werde man wieder nach Hause entlassen.

Im Krankenhaus hat mir der Chirurg allerdings während des ersten Vorstellungsgesprächs gesagt, dass das Blödsinn sei. Eine *Laparoskopie* unter örtlichen Betäubung durchzuführen, sei nicht angebracht, man mache sie immer unter Vollnarkose. Denn: Wenn während der Untersuchung etwas gefunden werde, werde sofort gehandelt und nichts auf einen zusätzlichen OP-Termin verschoben. Wenn ich keine Vollnarkose akzeptiere, könne ich direkt nach Hause gehen.

Dieser Arzt ist mir auf den ersten Blick höchst unsympathisch. Er riecht unangenehm nach Zigarettenrauch und hat ungepflegte Fingernägel. Eigentlich will ich mich nicht von Rauchern behandeln lassen. Alle Ärzte, die ich mir aussuchen kann, sind Nichtraucher. Einem Raucher spreche ich jede fachliche Kompetenz in Heilberufen kompromisslos ab. Auch hier befiehlt mir mein Bauchgefühl, aufzustehen und nach Hause zu gehen. Ich zwinge mich, sitzen zu bleiben. Auf diesen *Laparoskopie*-Termin habe ich fast drei Monate gewartet. Die Prüfungen an der Uni, wo ich meinen Magister-Studiengang zu Ende bringe, fangen genau in drei Monaten an. Ich kann mir nicht leisten, mit der Suche nach einem anderen Arzt Zeit zu verlieren. Sein Argument für die Vollnarkose erscheint ja letztlich auch plausibel. Widerwillig stimme ich daher der Operation unter Vollnarkose zu.

Man fordert mich auf, in einer Stunde zu weiteren Untersuchungen zu kommen.

Als ich erneut in sein Sprechzimmer komme, steht da allerdings nicht dieser Arzt alleine, sondern auch ein schwer adipöser junger Mann in weißem Kittel, der Kittel kurz vorm Platzen. Seine Hand ist bei der Begrüßung unangenehm kalt und feucht. Er ist Student, soll die Voruntersuchungen mitmachen und die Operation begleiten. Ich werde pro forma gefragt, ob ich was dagegen habe. Natürlich bin ich partout dagegen. Aber wenn ich unter Vollnarkose auf dem OP-Tisch liege, wird es wohl nicht mehr viel helfen. Mir wird übel bei dem Gedanken, dass ich ganz nackt vor den beiden auf dem OP-Tisch liegen werde.

Ich werde auf den gynäkologischen Stuhl gebeten und von beiden nacheinander untersucht. Ich versuche mich zu beruhigen, dass jeder Arzt irgendwann Student war und jeder Student irgendwann von Lehrbüchern und Leichen auf lebende Körper umsteigen muss.

Meine Abneigung bleibt so groß, dass ich mich sofort anziehen und weglaufen würde, wenn ich nicht an die Abschlussprüfungen denken müsste. Die Untersuchung dauert extrem lange, der Student übt alle möglichen Griffe. Die Situation ist mir ungeheuer unangenehm, aber ich beiße die Zähne zusammen. Ich glaube, ich bin einfach nicht *cool* genug, um zwei vollkommen fremden Männern, zu denen ich null Vertrauen habe, meine intimsten Körperteile zur Schau zu stellen.

Ärzte suche ich mir normalerweise immer und vor allem danach aus, ob sie mir sympathisch sind. Meine Hausärztin, zu der ich seit vielen Jahren gehe, ist so eine. Sie hat zum Beispiel einen Spaniel in ihrer Praxis, der jeden Patienten im Wartezimmer herzlich begrüßt und dann sogar manchen ins Sprechzimmer begleitet. Beim ersten Besuch dieser Praxis war ich recht überrascht, wegen Bakterien, Flöhen, usw. Ich habe die Ärztin gefragt, ob Patienten, die keine Hunde mögen, sich nicht bei ihr beschweren.

Sie hat nur gelacht: »Ich zwinge niemanden, zu mir zu kommen. Es gibt mittlerweile so viele Ärzte, dass sich jeder seinen Arzt nach seinem Geschmack aussuchen kann. Mein Spaniel ist hier als Therapeut angestellt, ihn lieben alle Kinder, die zu mir kommen. Der Hund lenkt von Leid und Schmerzen ab und leistet Gesellschaft im Wartezimmer.« Jedes Mal bin ich sehr gerne in ihrem Wartezimmer, der Spaniel kann tatsächlich sehr gefühlvoll trösten.

Die Erinnerung an diesen Spaniel hilft mir, diese widerliche Untersuchung im Krankenhaus zu überstehen, danach kehre ich in mein Zimmer zurück. Am nächsten Tag bekomme ich, wie vom Anästhesisten vorgeschrieben, als erstes eine Beruhigungsspritze mit einem Schlafmittel zusammen, und als letztes sehe ich die schneeweiße Decke im Zimmer.

Jetzt bin ich nach diesem geplanten Blackout aufgewacht und liege wie eine Leiche im Krankenbett. Die Umstände, die mich hierhin geführt haben, sind wieder präsent. Aber was war in diesen acht Stunden? Wieso habe ich all diese Beutel und Schläuche?

Eine Krankenschwester kommt und will mir eine Spritze in den Oberschenkel geben. Ich frage sie, was sie da spritzen will, es hängen doch schon so viele Beutel um mich herum.

»Das, was der Arzt eben verschrieben hat«, antwortet sie genervt, sticht mir mit einer riesigen Nadel ins Bein und verschwindet wieder. Nach einer Weile kommt eine andere Krankenschwester. Ich frage sie ausgesprochen höflich, ob sie wisse, was in den acht Stunden mit mir passiert sei, da die OP doch eigentlich nur zwanzig Minuten dauern sollte.

»Nein, ich habe gerade meine Schicht angefangen. Aber Sie dürfen in der Nacht nicht aufstehen, sonst wird die Blutung nicht aufhören«.

Schlafen kann ich gar nicht, ich habe wahnsinnige Kopfschmerzen und mir ist übel.

Am nächsten Morgen gegen acht Uhr kommt eine dritte Schwester. Sie entfernt alle Schläuche aus meinem Körper und den Katheter, wechselt mir die Windel und bemerkt, dass die Blutung noch ziemlich stark ist. Ich soll auf keinen Fall aufstehen. Essen und Getränke werden mir ans Bett gebracht. Ich versuche zu trinken und muss würgen, ich kann nichts schlucken. Ich frage die Schwester, ob mir bei der OP wohl Schläuche in die Speiseröhre eingeführt worden seien und vielleicht auch der Magen untersucht worden sei. Sie weiß gar nichts, auch sie hat erst vor einer Stunde die Schicht angetreten. Ich bitte sie, jemand zu holen, der mich aufklärt.

Zwei Stunden später kommt der dicke Student, er lächelt mich entgegenkommend an: »Es wurde nichts Schlimmes gefunden, die Operation ist super gelaufen, alles ist in Ordnung!«

Bevor ich noch etwas fragen oder sagen kann, verschwindet er wieder. Die Krankenschwester kommt, um das Geschirr und mein Frühstück, das ich gar nicht essen konnte, abzuräumen. Ich bitte sie, den Chirurgen, der mich operiert hat oder den Anästhesisten zu mir zu bringen. Sie sagt: »Das habe ich bereits vorhin versucht, aber der Chirurg steht die ganze Zeit im OP, heute gibt es besonders viele Operationen. Ihr Anästhesist hat heute keinen Dienst und ist nicht im Hause. Der Einzige, den ich finden konnte, war dieser Student. Der weiß über alles Bescheid, da er Ihre Operation begleitet hat.« Die Krankenschwester klingt sehr nett, ich will ihr nicht weiter auf die Nerven gehen.

Um 12 Uhr kommt sie noch mal ins Zimmer und sagt mit entschuldigender Stimme: »Sie müssen jetzt nach Hause gehen, da Ihr Bett ab sofort an eine andere Patientin vergeben wurde. Die wartet unten im Eingangsbereich. Ich muss hier noch alles desinfizieren und die Bettwäsche wechseln.«

Ich protestiere: »Aber ich darf doch noch auf keinen Fall aufstehen, weil die Blutung zu stark ist! Außerdem kann ich weder trinken noch essen, und ich habe seit vorgestern nichts mehr zu mir genommen. Ich will erst wissen, was mit mir los ist!«

»Der OP-Bericht wird an Ihren Frauenarzt geschickt, von ihm werden Sie alle Einzelheiten erfahren.«

Ich bin viel zu schwach, um mich weiter zu wehren. Meine Zimmernachbarin hilft mir beim Anziehen, danach packt sie die Tasche; sie will mich bis zum Ausgang aus dem Krankenhaus begleiten. Meine Beine und Hände zittern. Ich konzentriere mich erstmal nur aufs Stehen, danach aufs Gehen, an andere Probleme kann ich nicht denken. Während des langen Weges habe ich mehrere Schwindelanfälle und muss nach der Luft schnappen. Die Zimmernachbarin hält mich mit einem Arm an den Schultern fest und schleppt meine Tasche. Sie ist offenbar die Einzige, die meine schlechte Verfassung erkennt und ein Herz für andere hat. Ohne ihre tatkräftige Hilfe wäre ich wahrscheinlich unterwegs gestolpert und hätte mir alle Knochen gebrochen.

Vor dem Ausgang muss ich noch irgendwelche Formulare unterschreiben, was ich ohne zu lesen tue. Kopfschmerzen plagen mich immer noch.

Drei Tage später bin ich bei meinem Frauenarzt, allerdings ohne vorher einen Termin ausgemacht zu haben. Ich will wissen, was bei der OP schief gegangen ist. Für mein Jammern hat auch er keine Zeit, der Bericht ist noch nicht da. Er verspricht, sich bei mir zu melden, wenn der Bericht vorliegt.

Er hat sich nicht gemeldet. Nach drei Monaten gehe ich noch mal hin und kann ihn fragen. Im Bericht stand nichts Auffälliges, sodass er es nicht für nötig gehalten hat, mich anzurufen. Alles sei in Ordnung. Alles ist in Ordnung?

Ich wechsele den Frauenarzt und lasse mit Ultraschall kontrollieren, ob alle Organe noch vorhanden sind. Der Arzt ist perplex, erfüllt jedoch meine ungewöhnliche Bitte. Ich glaube, es liegt an meinem russischen Akzent, dass er keine Fragen stellt. Aber: Alle Organe sind noch da. Alles ist – wohl doch – in Ordnung. Auch wenn der Grund, weshalb ich überhaupt ins Krankenhaus gekommen bin, ungeklärt bleibt. Geblieben sind auch meine Beschwerden.

Was damals passiert ist, habe ich bis heute nicht erfahren – ebenso nicht, warum meine »kleine« OP sich so erheblich in die Länge gezogen hat. Die Vorstellung, was passiert sein könnte, wer sich alles in diesen acht Stunden an meinem wehrlosen Körper zu schaffen gemacht hat und mit welchen Absichten, ist furchtbar. Wurden neue Operationstechniken ausprobiert? Neue Narkose-Stoffe? Haben an mir Medizinstudenten für Prüfungen geübt? Wer hat mir alle Schamhaare abrasiert? Und warum? Wurde ich missbraucht? Gibt es jetzt pornographische Fotos oder sogar einen Film? Gehörte der Chirurg zu einer faschistischen Organisation, die mich als minderwertige Ausländerin unfruchtbar gemacht hat?

Wo kann ich noch nach Aufklärung suchen? Den Ärzten wie auch dem Pflegepersonal im Krankenhaus ist es wohl egal, was ich denke oder fühle und wie ich nach dieser Behandlung zurecht komme.

Dieser Gleichgültigkeit in weißen Kitteln will ich unter keinen Umständen noch einmal begegnen. Ab sofort werde ich umso mehr meinem Bauchgefühl trauen, insbesondere bei der Frage, von wem ich mich behandeln lasse.

Ab jetzt wird alles in Ordnung sein!

Verflixte Brötchen

Sonntag, 9 Uhr morgens. Ich habe meine gewöhnliche Joggingrunde am Rhein absolviert und bin nun wieder zu Hause. Voll mit Laufendorphinen und bestens gelaunt merke ich unterwegs ins Bad, dass mein Gatte sich gemütlich im Bett räkelt und noch nicht richtig wach ist. Prompt kommt mir der Gedanke, dass dem sonntäglichen Eheglück nichts mehr im Wege steht, wenn ich mich zügig ausziehe und in Rekordzeit dusche. Gedacht – gemacht.

Gerade bin ich unter seiner Decke, als Bernd laut protestiert: »Du bist noch ganz nass, du hast dich ja gar nicht richtig abgetrocknet!«

Ja, das stimmt, irgendwo an den Schultern und am Rücken hängen einige Tropfen Wasser. Ich stehe auf, gehe ins Bad. Langsam und gründlich trockne mich von allen Seiten ab.

Versuch Nummer zwei. Ich schmiege mich an seinen Rücken, als er hochgradig giftig bemerkt, dass ich kalt sei wie ein Frosch und das total unerträglich sei. Bernd hat wieder recht. Aber was könnte nach heißem Duschen schöner sein als ein eiskalter Guss! Der jeden ermüdeten Körper vitalisiert, wie auch schon Onkel Kneipp sehr ausführlich berichtet hat. Auf eine Diskussion über die Hitze der Liebe will sich mein Liebster gar nicht einlassen.

Behutsam, aber entschlossen schiebt er mich mit seiner Decke auf meine Bettseite, um sich seine Hände nicht zu verkühlen. Unter der dicken Daunendecke versuche ich, mit turbulenter Ganzkörpergymnastik mein Blut in Wallung zu bringen, um meine Körpertemperatur zu erhöhen.

Jetzt bin ich garantiert trocken und warm, also rolle ich in genüsslicher Erwartung in seine Richtung.

Auf dem halben Weg stoppt mich seine Frage: »Hast du schon die Brötchen zum Frühstück gekauft?«

Verflixte Brötchen!

Die Kunst des Schweigens

Mein Mann Bernd pflegt ausnahmslos das zu sagen, was er denkt. Er lügt nie und schmeichelt nie.

An diesem Abend sehen wir fern, einen alten Schinken von 1963 mit Brigitte Bardot: »Die Verachtung«. Der ganze Film dreht sich um ihren nackten Hintern, der großzügig von allen Seiten gezeigt wird. Ich bewundere entzückt die vollkommenen weiblichen Rundungen. Bernd widerspricht mir jedoch: »Ich verstehe sowieso nicht, warum die ganze Welt sie für so hübsch hält. Sie hat eine große Zahnlücke vorne, eine komische Stupsnase, ist absolut unsportlich und hat keine Muskeln. Du siehst viel besser aus!«

»Hallo!« Das versetzt mich in einen euphorischen Zustand. Welcher Ehemann findet seine Frau attraktiver als die erotische Weltikone in ihren besten Jahren! Im Kopf plane ich eine Reihe von Annehmlichkeiten, die ich Bernd in naher Zukunft zukommen lasse: seine Lieblingspralinen von »Neuhaus«, seinen Lieblingskuchen »Wilma« aus ganzen Boskop-Äpfeln, Kaninchen à la Provence. Ich will ihn nie wieder wegen nicht weggeräumter Schuhe anmotzen. Ich werde das ganze Haus am kommenden Wochenende allein putzen, während er Rennrad fährt.

Allerdings fährt Bernd unverblümt fort: »Für mich ist die wahre Schönheitskönigin, an der ich nichts auszusetzen habe, unsere Nachbarin Monika!«

Ich vergesse meine guten Vorsätze und verkneife mir zu antworten, dass er nicht der erste Ehemann ist, der die Nachbarin für schöner hält als seine Ehefrau!

Erleichterung

Editieren Sie einen Teaser-Text … laden Sie ein Meta-Bild aus der Meta-Galerie runter … danach setzen Sie das Bild rechts neben den Teaser-Text … aus Backend in Frontend … fügen Sie am Anfang dieses Artikels Social Bookmarks ein … markieren Sie den Mausrad-Zoom standardmäßig … konvertieren Sie den Link zu Google Maps …«

Ich bin bei einer *Contao*-Fortbildung. Wie? Sie wissen nicht, was *Contao* ist? Keine Sorge, ich auch nicht. Noch nicht, wohlgemerkt! Ich dachte, dass ich die Einzige auf dieser Welt sei, die noch in der Steinzeit lebt. Deswegen bin ich hier. Ich will raus aus der Steinzeit, in die Moderne.

Zu dieser Fortbildung hat mich die Vereinsleitung mit den anderen Sport-Abteilungsvertretern geschickt. Ab Mitte April müssen wir die Vereins-Homepage mitgestalten – jeder für seine eigene Abteilung, damit diese einheitlicher aussieht und mit mehr Leben gefüllt wird. Für mehr Internetpräsenz, sozusagen.

Was könnte nun ein Teaser-Text sein? Im Fitness-Studio, das ich leite, lösen wir zum Zeitvertrieb ständig irgendwelche Rätsel. Zum Beispiel, warum *Prunus Cerasifera Nigra* die Endungen *us – a – a* hat. Wo ist hier die Geschlechtsangleichung zwischen Substantiv und Adjektiv? Die Besserwisser versuchen mich dann sofort ins Internet zu schicken, um die richtige Antwort zu googeln. Das tue ich nie. Aus Prinzip. Die Frage stelle ich zuerst allen willigen Mitgliedern, und wir suchen zusammen nach einer Lösung. Für *Prunus* haben wir zwar zwei anstrengende Trainingstage gebraucht, aber jetzt weiß jeder im Fitness-Studio, was mit *Prunus* los ist.

Wenn ich herausfinden könnte, was ein Teaser-Text ist, könnte ich vielleicht verstehen, was in diesem Zusammenhang »editieren« bedeutet? Ich werfe einen verstohlenen Blick auf den Laptop meiner Nachbarin von links, der Vertreterin der Judo-Abteilung. Sie sucht sich mittlerweile ein Bild aus irgendeiner Bildersammlung; der Badminton-Vertreter von rechts ist auch inzwischen bei der Anfahrtsbeschreibung aus Google Maps. Verdammt, früher in der Schule konnte man manchmal die ganze Lösung von den Nachbarn abschreiben, aber die Computer-Mäuse von heute hinterlassen kaum Spuren.

Wie kann ich mir helfen, ohne mich offensichtlich vor allen anderen Sportlern zu blamieren und das Vorurteil zu bestätigen, dass Fitness-Sportler nur was im Bizeps aber nichts im Kopf haben?

Ich tippe die http-Adresse vom Laptop des Schulungsleiters, der durch den Beamer an die Wand übertragen wird, direkt in meine Adressen-Leiste. Das ist eine lange Zeile mit /contao/contao/article und vielen Zahlen, Buchstaben, einzelnen Worten und ... wow! Plötzlich bin ich da. Auf meinem Laptop erscheint das gleiche Bild wie bei Judo links oder Badminton rechts. Aber ist es in diesem Zusammenhang das *gleiche* oder das*selbe* Bild? Den Unterschied zwischen der *gleichen* und der*selben* Unterhose verstehe ich eindeutig, und bei der Zahnbürste auch, aber hier?

Der Schulungsleiter klickt sich routiniert weiter durch den Dschungel irgendwelcher Verzeichnisse, Fenster und Tabellen. Die Gruppe kann mithalten und folgt ihm konzentriert mit ein paar Mausklicken Abstand. Ich fühle mich dennoch wie ein Esel auf der Rennbahn. Dieses Gefühl verfolgt mich die ganzen drei Stunden der Fortbildung.

Zu Hause frage ich dann Bernd, er ist Programmierer von Beruf, was ein Teaser-Text ist. Er weiß es auch nicht. Ich bin erleichtert! Auf der Stelle gibt Bernd den Begriff in sein iPhone ein, Sekunden später gibt Wikipedia die Antwort: Ein **Teaser** ([ti:zə(r)] von engl. *tease* = reizen, necken) ist in der Werbesprache ein kurzes Text- oder Bildelement, das zum Weiterlesen, -hören, -sehen, -klicken verleiten soll.

Der Teaser hat seine Aufgabe bei mir erfüllt. Ich werde auf jeden Fall Weiterlesen, -hören, -sehen und -klicken, bis ich mir die *Contao*-Sprache angeeignet habe. Der Verein hat mich nicht umsonst zu dieser Fortbildung geschickt!

Seegurke auf Französisch

»Lass ihn ruhig«, denke ich bei mir. »Soll er sich doch erstmal zwischen all den Trainingsgeräten austoben – irgendwann wird er schon müde werden, trotz seiner sportlichen Ausdauer!«

Peter, einer meiner Kunden hier im Fitness-Studio, rennt vor mir weg, gestikuliert noch immer wie wild und brüllt dabei: »So ein Blödsinn! Seegurke auf Französisch! Wer muss das wissen, das braucht kein Mensch! Und ich auch nicht! Basta!«

Daraufhin zitiert Dietmar, ein anderer Sportler und ein guter Freund von mir, im Vorbeigehen seinen Lieblingsautor Stephen King: »Das Gehirn ist ein Muskel, der die Welt bewegen kann.«

Diesen Aufstand von Peter kann ich nicht nachvollziehen. Er ist Arzt für präventive ganzheitlich-biologische Medizin und als solcher bevorzugt er die »persönliche Zuwendung mit Zeitanspruch«. Genau wie auch ich bei mir im Studio. Das Training dort ist ganzheitlich, das bedeutet: auch Hirnzellen mit ihren Synapsen sollen in Bewegung versetzt werden, um die Langzeitplastizität der gesamten Hirnareale zu aktivieren, und nicht nur rein physisch der *abdominus*, der *erector spinae* und der *bizeps*. Man kann es als Präventionsmaßnahme gegen Demenz ansehen.

Zwar wird der Arzt Peter später ein paar Patienten weniger aus diesem Sportstudio bekommen, aber es bleiben gewiss genug andere für seine Praxis, die ihre Muskeln zwar bei der Konkurrenz fit halten, dort jedoch nicht aufgefordert werden, sich gleichzeitig auch geistig zu trainieren.

Wer seinem Körper bei mir auf einem Crosstrainer oder einem Fahrradergometer Gutes tun will, erhält meist zusätzlich auch eine Aufgabe für seine grauen Zellen; eine Aufgabe, die aus den unterschiedlichsten Bereichen stammt, zum Beispiel: Gedichte auf Russisch oder Latein vortragen; Gedichte selbst auf Deutsch oder Französisch schreiben; sich Gedanken über *Neophyten,* die ich gerade in meinem Garten eingepflanzt habe, machen; die etymologische Herkunft des Wortes *l'hippocampe* herleiten; wie viel Prozent vom eigenen Körpergewicht man tatsächlich auf der Beinpresse drückt, nach kinematischen Gesetzen ausrechnen; als Testperson für *Spirulina* dienen; den Namen von Bäumen – *Prunus Cerasifera Nigra* – zu jeder Jahreszeit ohne zu stottern aussprechen, die direkt vor unseren Fenstern stehen; den Zusammenhang zwischen den *Fledermäusen* und *Chauvinisten* herstellen; meine *Pleonasmen* korrigieren etc.

Solche Übungen verteile ich in Einschätzung der jeweiligen Persönlichkeit, wobei ich manchmal allerdings absolut daneben liege, nämlich dann, wenn der Kunde plötzlich auf iPods umsteigt. Aber auch in solchen Fällen lasse ich mich insgesamt nicht entmutigen, denn es bleiben genügend andere, die geradezu eine Abneigung gegen diese Berieselungsmaschinchen hegen. Das nutze ich schamlos aus – *Hormesis* – Methode.

Unter all den gestellten Aufgaben zählt das Lernen von Vokabeln, insbesondere von französischen, noch zu den einfachsten, aber von mir auch gern gestellten.

Französisch ist nämlich meine Passion seit vielen Jahren, und die Passion will geteilt werden. Da mein Ehemann Bernd jedoch eine absolute Abneigung gegen diese Sprache hat, muss ich meine Leidenschaft halt anderswo ausleben. Deshalb lernt eben ein Teil der Kundschaft des Fitness-Studios mit mir die französischen Namen von Bäumen, Blumen, Vögeln, Käfern und jetzt auch die von Fischen und Meeresfrüchten.

Schon beim letzten Trainingstermin hatte Peter *la baleine, le requin et le dauphin,* Wal, Haifisch und Delphin widerstandslos in sein Repertoire aufgenommen, und als ich ihm heute mit *la lotte* – Seeteufel, *la sole* – Seezunge und *la plie* – Scholle kam, meinte er direkt, dass er das ja gut in jedem Pariser Restaurant brauchen könne – offenbar ein Gourmet.

Aber dann dieser Aufstand bei der Seegurke, dem letzten Wort für heute! Dabei klingt doch *l'holothurie* zwar wissenschaftlich, aber – wie schön! – zugleich sehr melodiös.

Selbst meine Französischlehrerin kannte diese wohlklingende Bezeichnung für die vermeintlich ordinäre Seegurke nicht, kannte nur den einfachen Ausdruck *le concombre de mer*. Diese Bezeichnung ist meiner Meinung nach für ein präventives Anti-Demenz-Training viel zu simpel. Deswegen ab sofort: *l'holothurie*! Und wer das verweigert, wird es früher oder später bereuen.

Geduldig warte ich, bis Peter seine drei Trainingssätze auf der Bauchmaschine absolviert und dabei hoffentlich seine Aggressionen abgebaut hat. Denn genau für diese Situation ist das Training mit dem Eisen hervorragend geeignet.

Und siehe da! Inzwischen lächelt Peter schon wieder ganz relaxed, ist jedoch mit seinen heutigen geistigen Übungen noch immer nicht einverstanden: »Liebe Irina, es gibt keinen einzigen Grund, das Wort ›Seegurke‹ auf Französisch zu lernen. Dieses Wort werde ich mein Lebtag nicht brauchen, denn das Ding steht auf keiner Speisekarte, und ich kann mir beim besten Willen keine Umstände vorstellen, unter denen ich die Seegurke mit diesem französischen Namen benennen müsste. Nenn mir einen einzigen nachvollziehbaren Grund, und ich versuche, *l'holothurie* zu behalten!«

Abtrainiert, abreagiert und glücklich verlässt er das Fitness-Studio.

Nun denn! Er weiß ja nicht, dass sein Patient Dietmar von mir angestachelt worden ist, ihm demnächst anzudrohen, sein ärztliches Honorar nur dann zu überweisen, wenn Herr Doktor ihm die Seegurke auf Französisch benennt!

In Paris

Sie haben bisher geglaubt, der Louvre wäre ein lückenlos gut bewachtes Objekt? Welch ein Irrtum!

Um die Sicherheitsvorkehrungen zu umgehen, braucht es nur zweierlei: einen *Marco-Polo*-Stadtführer und meine Mutter. Insbesondere sie. Diese Dame aus Moskau, im feinsten Kleid zu Besuch in Paris, ist der Schlüssel für diese Erkenntnis. Schon wieder muss sie zur Toilette. Dabei war sie doch zuletzt vor kaum einer Stunde noch auf einer – bei Notre-Dame. Davor war die Warteschlange deutlich kürzer als vor der Kirche selbst. Die Entscheidung, das weltberühmte Meisterwerk der Gotik zunächst nur von außen und dafür ein unbekanntes stilles Örtchen von innen kennenzulernen, war für meine Mutter schnell gefallen. Wie sie tänzelten verhalten einige grauhaarige Damen auf der Stelle, während sie warteten. Zweifellos waren sie mit ihren Gedanken bei der tanzenden Zigeunerin Esmeralda und Quasimodo.

Nach der Besichtigung der beeindruckenden Fassade der Kathedrale am frühen Nachmittag gehen mein Mann, meine Mutter und ich in Richtung Champs-Elysées. Hätte es nicht ununterbrochen geregnet, wäre es ein schöner Spaziergang an der Seine gewesen! Vermutlich aber ist es der kalte Regen, der meine Mutter wiederholt an die Toilette statt an Kunst denken lässt.

Vor dem Louvre hatte ich sie noch gefragt, ob sie jetzt eine Toilette aufsuchen wolle oder bis zu einem Restaurant auf den Champs-Elysées warten könne, wo wir später essen würden. Nach einem kurzen Blick auf die Warteschlange vor dem Museum – das bewusste Örtchen befindet sich im Inneren des Gebäudes – entschied sie sich fürs Weitergehen. Verglichen mit Notre-Dame ist der Louvre wesentlich »wirtschaftlicher« gestaltet: Die Toilette gibt es erst, wenn man den Eintritt fürs Museum bezahlt hat.

Kurz vor der Abreise hatte Bernd einen *Marco-Polo*-Stadtführer über Paris gekauft. Bei dessen Lektüre im Thalys fand er zum Louvre die Information, dass nach 18 Uhr der Eintritt dreißig Prozent billiger und um diese Zeit auch insgesamt weniger los sei. Darum haben wir im Zug einstimmig entschieden, den Spartarif für die Louvre-Besichtigung zu nutzen.

So gehen wir also erst einmal am Louvre vorbei in den *Jardin des Tuileries*. Und gerade jetzt meldet sich meine Mutter wieder. Ich schaue mir die etwas dürftigen Büsche und die übrigen Sträucher des Gartens an: eindeutig nicht genug, um sich hinten ihnen verstecken zu können. Eine ordentliche Toilette muss her! Bernd erinnert sich auf einmal an eine Information aus dem *Marco Polo* über einen Seiteneingang zum Louvre. Gut für Besucher, die eine lange Schlange am Haupteingang unter der Pyramide vermeiden wollen. Ruckzuck machen wir uns zu solchen Besuchern und marschieren zur *Porte des Lions* am Denon-Flügel. Bereits von Weitem können wir sehen, dass es dort tatsächlich keine Schlange vor der Tür gibt. Tolle Idee von Bernd, diesen Stadtführer zu kaufen! Im Laufschritt nähern wir uns der *Porte des Lions*. Rechts vor dem Eingang steht allerdings ein Schild mit schwarzen dicken Blockbuchstaben in mehreren Sprachen »No Entrance«, »Kein Eingang«, etc.

Mist! Links vom Eingang, im Inneren des Gebäudes, sitzt ein Wächter in grauer Uniform mit dem Rücken zu uns und schreibt eine SMS. Im Kopf bereite ich eine Rede auf Französisch vor, damit ich den Wächter überzeugen kann, uns möglichst schnell Zutritt zur Toilette zu gewähren.

Anfangen werde ich mit *Ma mère est en panne.*

Ich schätze ihn auf fünfundzwanzig Jahre und etwa einen Meter achtzig. Bis er mit dem Tippen fertig ist, will ich ihn allerdings nicht unterbrechen, aber er wird und wird nicht fertig. Verschmitzt blickt er auf sein Handy, grinst, wartet, bis die Antwort mit einem lauten Piepton kommt und tippt weiter.

Mir reicht es! Mit meiner Rechten schnappe ich mir meine Mutter, mit der Linken meinen Mann, und sanftmütig lächelnd marschieren wir am Wächter und an den Überwachungskameras vorbei. Bis die Sicherheitskräfte kommen, haben wir unser Ziel erreicht! Danach werde ich meine Französischkenntnisse hoffentlich unter Beweis stellen können. Die Toilette ist ganz nah, direkt hinter der Ecke. Damen nach rechts, Herren nach links. Wir folgen den Schildern. Erleichtert treffen wir uns nach kurzer Zeit wieder. Noch kein Alarm, kein Zeichen von Panik beim Sicherheitspersonal. Vorsichtig gucke ich um die Ecke. Unser Wachmann ist nun aufgestanden und versperrt den Eingang mit seinem athletischen Körper. Er steht wieder mit dem Rücken zu uns, die Beine in leichter Grätsche, die Hände in die Hüften gestützt. Ich habe mich geirrt, er ist mindestens zwei Meter groß!

Lagebesprechung hinter der Ecke. Niemand von uns will zum hünenhaften Wächter gehen und ihm erklären, wie wir uns reingeschmuggelt haben.

»Dann«, sagt meine Mutter, »könnten wir vielleicht einfach zur *Mona Lisa* gehen, wenn wir nun schon sowieso drin sind. Dann müssen wir nicht später noch mal zum Louvre zurück und uns anstellen.«

Bernd ist dagegen, er hat Bedenken wegen seines wuchtigen Rucksacks, in dem sich drei Flaschen Wasser, unsere Jacken, Regenschirme, Reiseführer, zwei Kilo Bananen und sonstiger Kram befinden. Wir stimmen demokratisch ab, zwei Stimmen sind für die Besichtigung, eine dagegen. Wir brechen zur *Mona Lisa* auf.

Unterwegs überlege ich mir eine Strategie, falls wir vom Sicherheitspersonal angehalten werden: »Wir haben uns verlaufen und sind auf der Suche nach einer Toilette«. Fast die Wahrheit! Und auf dem Schild neben der *Porte des Lions* stand nichts auf Russisch, meine Mutter und ich sind Russinnen. Oder ich könnte sagen, dass wir die Sicherheitsvorkehrungen im Louvre überprüfen, guck mal, was Bernd alles in seinem Rucksack schleppt und wie weit wir vorgedrungen sind!

Immer noch keine Sirene, keine auf uns zurennenden bewaffneten Uniformierten.

Wir verbringen im Louvre etliche Stunden, meine Mutter ist vollends hingerissen. Paris war ihr Lebenstraum.

Am Anfang der *Perestroika* kursierte in der Sowjetunion folgender Witz: Einem Juden im biblischen Alter wurde endlich erlaubt, nach Israel auszuwandern. An der Grenze aber will der Zollbeamte seinen Papagei nicht durchlassen. Der Jude erklärt, dass dieser Schnabelträger mindestens seit hundert Jahren im Besitz seiner Familie ist und dass er ohne ihn nicht ausreisen kann. Der Zollbeamte will behilflich sein. Er guckt in seinen Vorschriften nach und sagt, dass der Vogel nur als ausgestopfter *Chuchelo* oder als eingefrorenes Geflügel *Tuschka* das Land verlassen kann. Der Jude ist entsetzt.

Der Papagei aber meldet sich entschlossen: »Sei es als *Tuschka*, sei es als *Chuchelo*, aber ich will hier raus!«

Dem Witz folgend hatte meine Mutter irgendwann erklärt, egal ob als *Tuschka* oder *Chuchelo*, sie will einmal Paris sehen.

Und für Beweisfotos posieren wir jetzt nacheinander vor der *Mona Lisa* und der *Venus von Milo*. Wie sonst soll meine Mutter unseren Moskauer Verwandten beweisen, dass wir im Louvre waren? Eintrittskarten kann sie doch nicht vorlegen!

Wir verlassen das Museum dann ganz korrekt wie es vorgesehen ist: durch den Haupteingang. Und zu guter Letzt wollen wir wissen, wie es da unter der Pyramide abläuft. Die Kontrollen dort sind streng wie am Flughafen. Bei jedem, der hereinkommen will, werden Jacken und sogar die kleinsten Handtaschen durchleuchtet, größere Taschen werden zusätzlich geöffnet und untersucht. Als wir an den Kontrollen vorbei herausgehen, wird mir doch noch einmal mulmig, denn ich merke, wie einer der Aufseher nachdenklich auf den dicken Rucksack von Bernd schaut.

Jetzt sind wir draußen, hinter der Absperrung. Sollen wir vielleicht später aus Bonn einen Brief an die Verwaltung des Louvre mit

Beweisfotos schreiben, um solche Bewachungslücken in Zukunft auszuschließen? Wächter an der Tür und zahlreiche Videokameras konnten unseren unkontrollierten Zutritt zu französischen Kronjuwelen und anderen Chefs d' Œuvre der ehemaligen Königsresidenz nicht verhindern. Es könnte unter anderen Umständen zu katastrophalen Folgen für Menschen und Kunstwerke führen ... Aber erst mal geht unsere Reise weiter. Vom Regen keine Spur mehr, die heiße Julisonne hat die Straßen getrocknet. Endlich richtiger Sommer! Das Schicksal meint es offensichtlich gut mit uns.

Wir machen uns mit Siegesschritten auf zu unserem letzten Ziel in Paris – dem *Arc de Triomphe!*

Danksagung

Besonderen Dank an Anna Anzulewicz, Ulrike Arens, Ulla Müller-Alef, Mathea Schülke, Leo Kehl, Jochen Köster, Marcus Reckewitz, Michael Vormann, Thomas Witt und meinen Ehemann Lutz Rogge. Durch ihr freundliches Feedback konnte »Irina«, die Hauptfigur in den meisten Erzählungen, sich am »Roten Faden« von Moskau nach Bonn bewegen und in Bonn Fuß fassen.